決意

新・剣客太平記㈦

岡本さとる

時代小説文庫

角川春樹事務所

目次

主な登場人物紹介

峡竜蔵《はざまりゅうぞう》◆直心影流の道場師範を全うしながらも、若き頃からの暴れ者の気性が残る熱き剣客。

綾《あや》◆竜蔵の亡き兄弟子の娘で、幼い頃からの道場での妹分。現在は竜蔵の妻。

鹿之助《しかのすけ》◆竜蔵と綾の子。数え六つ。

竹中庄太夫《たけなかしょうだゆう》◆筆と算盤《そろばん》を得意とする竜蔵の一番弟子であり、峡道場の執政を務める。

網結の半次《あみすきのはんじ》◆竜蔵の三番弟子。目明かしならではの勘を持ち合わせている。

国分の猿三《こくぶのえんぞう》◆竜蔵の十二番弟子。半次の乾分《こぶん》。

猫田犬之助《ねこたけんのすけ》◆竜蔵が信頼を置く友。大目付・佐原信濃守の側用人を務める。

決意

新・剣客太平記（七）

第一話　猛稽古

一

日毎《ひごと》、冬の寒さを肌に覚える時節となったが、峡竜蔵《はざまりゅうぞう》の頭は未《いま》だ坊主のままで、近《ちか》頃《ごろ》では右手で頭を撫《な》でるのが癖《くせ》となった。

この秋に、盟友・猫田《ねこた》犬之助《けんのすけ》と共に、信州上田《しんしゅううえだ》の地へ隠密裡《おんみつり》に旅へ出て、大目付・佐《さ》原《はら》信濃守《しなののかみ》の用を果《はた》し、上田松平家の騒動を見届けた竜蔵であった。

その際、旅の修行僧に身をやつし、頭髪も剃《そ》りあげたのだが、

「なかなか生《は》えねえもんだな。これでは外出《そとで》がし辛《づら》くていけねえや」

しかめっ面をしながらも、坊主頭は防具の面を被《かぶ》る時なども楽で、

「これも慣れてしまうとよいものだな」

結構、この髪型を楽しんでいる。

「佐原様の御用とはいえ、何もそこまで身を変えずともようございましょうに」

妻女の綾《あや》は、旅発《たびだち》はいつもと変わらぬ出立であったのに、帰って来ると入道頭になっていた竜蔵を見て大いに呆《あき》れたものの、

「父は出家いたしたぞ。拝め拝め……」

などともうすぐ六つになろうとしている、息子の鹿之助《しかのすけ》と戯《たわむ》れている様子を見ると、

「これでしばらくの間は、危ない旅に出られることもないでしょう」

心の内でほっとしながら、直心影《じきしんかげ》流峡道場の執政である竹中庄太夫《たけなかしょうだゆう》と共に、にこやかに見守っていた。

そんな時に、珍しい客が三田《みた》二丁目の峡道場に訪れた。

客は沢村直斎《さわむらちょくさい》という町医者である。

以前は直人《なおと》という名で、竜蔵とは藤川《ふじかわ》道場で修行を積んだ頃《ころ》の相弟子である。

その頃は、理屈が多く才子面をした沢村直人とはまるで反りが合わず、稽古《けいこ》でも道場の外でも、竜蔵は彼を目の敵にして喧嘩《けんか》を吹っかけたものだ。

しかしその後、家業を継ぐため長らく長崎へ留学をして、名も直斎となってからは、剣客と医者として新たに交誼《こうぎ》を築きつつあった。

とはいえ、

「おぬしがわざわざおれの稽古場を訪ねてくれるとは珍しいではないか」

二人が顔を合わせるのは、竜蔵が下谷長者町《したやちょうじゃまち》の藤川道場へ稽古に出かける時に、

「ついでに体の具合を診《み》てもらおうか」

と、立ち寄るのが常であった。

「おぬしについでがあるように、おれにもついでがあるのだよ」

沢村直斎は、少しの間稽古場で、懐かしそうに剣術稽古の様子を見物した後、竜蔵に母屋の居室に請《しょう》じ入《い》れられると、

「何やらおぬしの方が医者のようだな」

竜蔵の坊主頭を見て、笑顔を見せた。

「おお、そう言われてみると、こいつはあべこべだな……」

竜蔵も白い歯を見せた。

江戸の町医者は僧形が多いが、蘭方医《らんぽうい》の直斎は、浪人学者のような形《なり》で頭も総髪に結っている。

「まずこの頭には、大きな声では言えぬ深い理由があってな」

竜蔵は、頭を撫でてみせた。

「ふふふ、その深い理由とやらは訊《き》かずにおこう。いや、芝《しば》に用があって来ていたのだが、少しおぬしに話しておきたかったことを思い出してな」

「おれに話したかったこと？　何やらおもしろそうだな。ゆるりと聞こう」

竜蔵は、綾に茶を運ばせた。

かつて藤川道場で、父・森原太兵衛《もりはらたへえ》と共に暮らしていた綾は、直斎とも顔馴染《かおなじみ》でしばし場が和んだ。

二言三言、言葉を交わして綾が下がると、

「手島錬太郎《てしまれんたろう》を覚えているか？」

直斎は話を切り出した。

「ああ、覚えているとも。なかなかよく遣う男であったが、足を痛めてから身を引いたようだな」

竜蔵と直斎にとって、錬太郎は藤川道場での弟弟子にあたる。

目立つ剣士ではなかったが、とにかく稽古熱心で、黙々と木太刀《きだち》を振る姿はなかなかに律々《りり》しかった。かつて藤川道場にいる頃は暴れ者で、弟弟子からは避けられる存在であった竜蔵に、

「稽古をつけてくだされ」

と、堂々と申し出た数少ない剣士の一人であった。

歳は三つくらい下であっただろうか。親の代からの浪人剣客であるが、父親は師範

代というよりも、むしろ道場の雑務をこなす手腕を買われて、方々の道場で暮らしたという。錬太郎はそんな父親のようにはなりたくないと、一流の剣客を目指していた。若き日の竜蔵は、人一倍負けず嫌いで日々猛稽古に励んだものだが、錬太郎はそれを凌駕《りょうが》するほどの打ち込みようであった。

それゆえ竜蔵も、

「錬太郎の稽古に付合うと、こっちの息があがっちまうよ」

と、彼には一目置いていたのだが、竜蔵が藤川道場を出て、三田二丁目に移って来た後、錬太郎は痛めた足をかばうことなく猛稽古に臨《のぞ》んだのが因《もと》で骨を変形させてしまった。

それによって十分な踏み込みと跳躍がままならぬようになり、止《や》むなく第一線から身を引き、江戸を離れてかつての父親と同じく、師範代と雑務をこなしながら剣客としての命脈を繋《つな》いでいる。そんな噂《うわさ》が竜蔵の耳に届いていた。

「手島錬太郎がどうかしたか。まさか、重い病にかかっているとか？」

竜蔵は、医者である直斎の口から懐しい名が出たゆえに、少し鼻白んだ。

「いやいや、まるでその逆だ。あ奴《やつ》は先頃江戸に戻って来て今なかなか売り出し中のようだ」

直斎は、皮肉な物言いをした。

「売り出し中というのは、師範代としてか?」

「いかにも」

「今はどこの道場にいるのだ」

「大沢鉄之助《おおさわてつのすけ》殿のところさ」

「ほう、亀沢町《かめざわちょう》の……」

竜蔵はふっと笑った。

大沢鉄之助は、竜蔵と直斎と同じく、直心影流第十代的伝・藤川弥司郎右衛門《やじろうえもん》の弟子である。

穏やかで愛敬があり、人からは慕われていたのだが、同じ年代の赤石郡司兵衛《あかいしぐんじべえ》、森原太兵衛といった藤川道場の俊英の陰に隠れてしまっていた印象があった。

妻というのが町医者の娘で、その実家からの援助を受けて本所《ほんじょ》亀沢町に、自分の道場を構えたのだが、これがまったく流行《はや》らなかった。

何といっても、同じ亀沢町には赤石郡司兵衛の高弟で、第十二代的伝を郡司兵衛から受け継いだ天才剣士・団野源之進《だんのげんのしん》の道場がある。

大沢道場がかすんでしまうのは、誰《だれ》の目にも明らかであった。

鉄之助は、妻への面目が立たず、長年あの手この手で道場の経営に努めてきた。それが藤川門下の竜蔵達には、気の毒やら頰笑《ほほえ》ましいやらで、大沢鉄之助の話題が出ると、つい笑ってしまうのである。

「大沢先生は、手島錬太郎を師範代に据《す》えて、起死回生を図ったわけだな」

「そうなのだ。おれも始めは、また何を始めたのだと笑っていたのだが、手島錬太郎のお蔭《かげ》で、道場に入門を請う者が増え始めたというのだ」

「そんなに錬太郎の教え様がよいのか」

「そこなのだ。そこがおれにはどうもわからぬのだ」

沢村直斎が聞いたところによると、彼の稽古内容は、猛稽古をひたすら門人に課し、徹底的に鍛《きた》えあげることだという。

しかも稽古の間は、

「それでも武士か、恥を知れ！」

「そのくらいの覚悟で剣の道を歩まんとするのは、剣術を志す者への侮辱《ぶじょく》である」

「お前のようなろくでもない者は、剣をとらずに家で寝ていろ！」

とにかく厳しい叱責《しっせき》を投げかけるのだ。

当然、稽古での怪我人《けがにん》も続出するので、直斎は大沢鉄之助に請われて、怪我の手当ての指導、怪我予防の心得などを説きに亀沢町へと出かけたところ、錬太郎が稽古をつける様子をまのあたりにしたという。

その折は、かつての兄弟子で、今は医者の立場で道場を訪れた直斎と会うや、

「これはお久しゅうござりまする」

恭《うやうや》しく接した手島錬太郎であった。

「それゆえ、錬太郎はいつもよりは、大人しくしていたように見えるが、後で聞けば日頃は見てはおられぬほどに門人を痛めつけているらしい」

直斎は顔をしかめた。

竜蔵は笑って、

「猛稽古は、おれ達とて若い頃は当り前のようにこなしていたし、随分ときつい言葉で叱《しか》られたものではないか」

「それは確かにそうだが、奴には狂気《きようき》が浮かんでいる。弟子をいたぶるのを楽しんでいるような」

「だが、その厳しさが受けて、今奴は売り出し中なのだろう」

直斎は忌々《いまいま》しそうに頷いて、

「そこがおれには気に入らぬのだ。厳しい稽古は当り前のことかもしれぬが、あれで

は弟子達がかわいそうだ」

「嫌ならやめればいいのさ」

「そう言ってしまうと元も子もないではないか」

「おれは、剣術の稽古は厳しい中にも、心が躍るような楽しさがなければならぬと思うておるが、そんなことではいかぬと言う先生方もいる。〝剣は生きるか死ぬかのものである〟とな」

「一昔前の武士がいかにも言いそうなことだな」

「ふふふ、その通りだ。人を斬《き》ったこともないくせに、今の泰平《たいへい》の世を嘆き、我が倅《せがれ》には死ぬ思いをさせてやってくれと願う親達の何と多いことか」

「まったくだ。手島錬太郎の厳しさが受けて、このところ大沢道場には入門者が増えているらしい。きっとそういう馬鹿な親達が、子供に奮気を促《うなが》して、出来の好《い》い息子であらんとする素直な子供は、つい辛抱して励んでしまう」

「馬鹿な話だな」

「そう思うか？」

「ああ、おれも馬鹿な話だと思う」

「ふふふ、峡竜蔵ならわかってくれると思ったよ。おれはどうも、手島錬太郎のような男は好きになれなくてな」

「奴には奴の生き方があるのだろう」

「それはわかっているが、おれは奴の師範代としての生き方はおかしいと思う。それを誰かに無性に話したくなったのだ」

「往診のついでに寄ったというところか」

「そういうことだ。お蔭ですうっとしたよ」

「おぬしは相変わらず理屈が多いな」

「医者というのは理屈で生きているのだよ。邪魔をしたな」

沢村直斎は、喋《しゃべ》るだけ喋って帰っていった。

――沢村もどこか寂しいのであろう。

剣術を志したものの、医者の家に生まれた者の運命を背負って剣術界から離れた直斎であるが、今でも剣についてあれこれ思うところがあるのであろう。

それだけに、剣士として第一線から身を引きつつ、過激な指導を売りにして師範代として復活を遂げたかつての弟子が、疎《うと》ましくもありどこか羨《うらや》ましくもあるのだろう。

若い頃は、

「沢村！　理屈で剣が遣えるかよ！」

などと喧嘩を吹っかけた相手であるが、今となれば、彼の理屈は人らしくて頬笑ましい。

――手島錬太郎か。いったいどんな稽古をしているのか。

それと共に、竜蔵はかつての弟弟子の今が気になって、また右手で坊主頭を撫でていた。

二

沢村直斎からそんな話を聞かされてから数日後のこと。

峡竜蔵は、本所出村町《でむらちよう》に母・志津《しづ》を訪ねての帰り道、法恩寺橋《ほうおんじばし》の袂《たもと》で、

「峡先生ではございませぬか」

と、声をかけられた。

「おお、そなたは……」

声の主は、安藤萬之助《あんどうまんのすけ》という若い剣士であった。

竜蔵は、藤川道場への出稽古で、何度か彼に稽古をつけてやったことがあった。

「安藤萬之助にござりまする。覚えていてくださったとは嬉《うれ》しゅうござりまする」

萬之助は感激の面持ちであった。

「覚えているさ」

竜蔵は、いつもはきはきとして明るい萬之助を気に入っていた。

「そういえばそなたは、大沢先生の門人であったな」

「はい。左様にござりまする」

萬之助は、ぱっと目を輝かせた。

竜蔵は、直斎から話を聞いたところであったので、手島錬太郎の話を訊いてみたくなり、肩を並べて横川《よこかわ》沿いを南へと歩いた。

「近頃は、手島錬太郎が師範代になったそうだが……」

「仰せの通りで。手島先生は確か、峡先生の弟弟子にあたるのでは……?」

応《こた》える萬之助の表情に屈託《くったく》はなかった。

「手島先生の稽古はどうだ。なかなかに厳しいと聞いているが」

「はい。厳しゅうございます」

「辛《つら》いか」

「辛《つろ》うござりまするが、武芸の上達は辛く厳しい稽古に堪えてこそだと存じておりまする」

「それゆえ苦にはならぬか」

「はい」

萬之助は力強く応えた。

さぞかし辛い稽古に堪えているはずだが、〝はい〟と言い切れる若者の清々《すがすが》しさが心地よかった。

「親父《おやじ》殿は何と仰せじゃ」

「はい。ありがたいことに、どこまでも援助は惜しまぬゆえ、手島先生についていくようにと……」

「真《まこと》にありがたいな」

「天下泰平の世にあって、剣術道場はいかに弟子を集めるかに躍起になり、辛く厳しい稽古を避けるようになっている。その中にあって猛稽古を強いる先生は、人として信じられると励まされております」

竜蔵は深く頷《うなず》きながら、

〝……馬鹿な親達が、子供に奮気を促して、出来の好い息子であらんとする素直な子供は、つい辛抱して励んでしまう〟

先日、沢村直斎が言った言葉を思い出していた。

何人もの門人を抱える竜蔵は、息子を厳しく導いてやってもらいたいと願う親心は痛いほどわかる。

むしろそこに、〝親の哀《あわ》れ〟を思う。

そういえば以前、安藤萬之助の筋がよいので、いずれの出かと人に訊《たず》ねると、彼の父親は、剣客には縁のない一介の浪人であると知らされた覚えがある。

さる遠国の大名に仕えていたのが、ゆえあって致仕した後は理財《りざい》の道で功を成し、浪人ではあるが内福《ないふく》なので、息子の剣才に大きな期待をかけ援助を惜しまないようだ。

剣術にはあまり造詣《ぞうけい》が深くないゆえに、すべては萬之助に任せ、言葉で励ましているというところなのであろう。

とはいえ、萬之助が親の期待に応え、痩《や》せ我慢《がまん》をしているようにも見えなかった。

手島錬太郎を語る時の萬之助の目の輝きよう、話しぶりは、心から師を尊敬しているように見える。

「まずそれならばよかったのう。手島錬太郎の稽古は随分と厳しくて容赦がないと聞いていたゆえに、さぞ大変なのであろうと思うていたが、彼《か》の者はよい師範代になったと見える」

竜蔵が再び、手島錬太郎に話を戻すと、

「わたしは尊敬いたしております」

萬之助は笑顔で応えた。

「実はかつて一度、手島先生が町で破落戸《ごろつき》を叩《たた》き伏《ふ》せられたところを見たのでございます」

その時、手島錬太郎は、

「かかってこい」

と挑発し、破落戸達が三人でかかりくるのを、僅《わず》かに体を左右に開くだけで、太刀の鐺《こじり》によってあっという間に突き倒したのである。

余りに見事であったので、

「感服仕《つかまつ》りました」

と、声をかけると、

「某《それがし》は足が思うように動かぬのでな。相手の力をうまく使い、打ち倒すことを心がけているのだ」

手島錬太郎は、何ごともなかったかのような涼しげな顔で応えたという。

その後、あの時の凄腕《すごうで》の浪人が、自分の師である大沢鉄之助の弟弟子に当り、大沢が自分の道場の師範代に招いたことを知り、萬之助は小躍りした。

聞けば手島鍊太郎は、直心影流の諸道場で若い弟子達を教え、猛稽古を通じて何人もの強い剣士を世に出したと評されているそうな。

萬之助は喜々として、その就任を待った。

道場での稽古が終ってからも、彼は稽古場に一人残って型稽古をこなすのを日課とした。ある日のこと、薄暗くなった稽古場で木太刀を振っていると、

「おお、どこぞで会《お》うたのう」

と、壮年の武士に声をかけられた。

手島鍊太郎であった。

鍊太郎は、稽古熱心な萬之助を気に入ったか、

「ちと型の演武を見せてくれ」

それからしばし、萬之助の型を眺めてその日は稽古場から立ち去り、翌日から若い弟子達を鍛えに鍛えた。

その中に安藤萬之助が入っていたのは言うまでもないが、

「そんな稽古をするために、親に束脩《そくしゅう》の金をせびったか、このたわけ者が！」

叱咤《しった》しつつも、萬之助の筋のよさを認めてくれて、

「萬之助、近々、団野先生の稽古場にここの何人かを連れていくから励むがよい。そ

の日は仕合などもさせるゆえにな」

と、告げた。

「まだお前を連れていくかどうかはわからぬぞ」

とのことであったが、萬之助は鬼の師範代の励ましに力を得て、やる気をかき立てられているという。

「左様か……」

話を聞いて竜蔵はにこやかに頷いた。

大沢鉄之助は内向きな性質で、師匠筋である藤川道場での出稽古の折に、己が付人を連れていく以外は、同じ流派内でも他の道場との交流は避けていた。

他の道場に門人が流出するのを防ぐためであったが、それでは若い弟子達は刺激を得られず、かえって他道場に目がいくものだ。

それを手島錬太郎は、猛稽古を課すことで自負を付けさせ、そこから数人を選んで名だたる道場に連れていくという栄誉をちらつかせて奮気を促す――。そのように舵《かじ》を取っているようだ。

悪い指南法ではない。それには竜蔵も共感出来る。

三田二丁目の峡道場ほど、他所の門人を稽古に受け入れたり、外へ連れていき修行をさせるところはないと言われているくらいだ。

「きっとおぬしも団野先生の道場へ連れていってもらえるであろう」

竜蔵は、大沢道場の若い門人達の実力は大よそ把握《はあく》出来ている。安藤萬之助はその中では屈指《くっし》の実力を持っていると評していた。

「そうでしょうか」

萬之助は声を弾ませた。

自分が選ばれるであろうという自信は持っているようだが、改めて峡竜蔵ほどの剣術師範に言われると嬉しいものなのだろう。

「いつかまた峡先生に稽古をつけていただき、少しはましになったと言われとうございます。今日はお話しくださり、真にありがとうございました」

やがて北辻橋《きたつじばし》にさしかかろうというところで、萬之助は恭しく礼を言うと、竜蔵の前から去っていった。

——若いというのはよい。

その言葉がぴたりと当てはまる安藤萬之助であったが、ひたすら手島錬太郎の指南を信じついていこうとする姿は純情にあふれていて好感がもてた。

沢村直斎は、手島錬太郎を認めていなかったが、剣術指南などは人それぞれで、そこに正誤はない。

少なくとも安藤萬之助はいかに稽古が厳しくとも、彼を師範代として信奉しているのだからそれでよかろう。

竜蔵は、少しばかり気に入っている萬之助ゆえに、突如として大沢鉄之助が雇い入れた手島錬太郎に堪え難い仕打ちを受けているとすればかわいそうだと案じながらも、

――要らぬお節介だ。

と、この一件は忘れてしまうことにした。だが、後で思うとおそらく既にこの時から安藤萬之助の言い知れぬ苦悩と受難は始まっていたのである。

三

「おれは、皆が等しく稽古についてこずともよいと思うている。堪え切れずに投げ出す者がいて他の者の邪魔になるだけならば、おれの方から引導を渡す。それが当り前だと思うておる。嫌気がさしたなら構わぬから、大沢先生に申し出て、おれの組から出ていくがよい」

手島錬太郎は、稽古が終るといつも自分が受け持つ門人達を前にこう言った。

町の剣術道場であり、門人は皆それぞれに家の事情や、己の都合がある。

皆一様に与えられた刻《とき》を精一杯稽古に費やすことになる。

そこは錬太郎とて心得ているから、だらだらと長い稽古はしない。一刻《いっとき》（約二時間）ずつ中身の濃い過激な稽古をさせるのだが、頑張ってついてくる者には容赦ない言葉を浴びせるものの、稽古に堪え切れず脱落する者には一顧だにしない。

つまり脱落する者は、叱責するだけの値打ちもないということで、これほどの恥辱はない。

それゆえに若い弟子達は、苦しさに吐きそうになっても、体が震えても休むことなくついてくる。

延々と続く素振り、二段三段四段技の打ち込み稽古。互いに死力を尽くして打ち合う立合。少しでもへこたれそうになると、飛んでくる罵声《ばせい》のごとき叱責。

一月もこれを行えば、途中でやめてしまったとしても、大いに得るものはある。

「それゆえおれは、お前らが稽古を投げ出したとて、教えるべきものは教えたことになる。何ひとつ悔いはない」

錬太郎は訓示の最後をこう締《し》め括《くく》る。

このように言われると、手島組の門人達はやめるにやめられなくなる。

大沢道場の門人達の中の、若手で優秀な十名ばかりが、手島錬太郎の稽古を受けることが出来るようになっていたから、稽古の苦しさに堪えれば、道場内では一目置かれるし、親に対する面目も立つ。

ここから離れられなくなるのも無理はない。

しかし、手島錬太郎は十人の幸せなど毛頭考えない。

錬太郎は、大沢鉄之助から師範代とならぬかと誘われた時、

「とにかく、一人か二人でよろしゅうござるゆえ、どこに出しても通用する強い門人を育てあげるのが肝要かと存ずる」

と意見を述べた。

剣術道場などというものは、そこに誰がいるかで人の集まり方が変わってくる。

中途半端に剣が遣える者が何十人いたとて道場は目立たない。

これという一人の俊英がいれば、それに憧《あこが》れ、それを目指して門人は集まってくるというのだ。

大沢鉄之助はこれを受け入れた。上方、名古屋において手島錬太郎が、この方式で名剣士を数人育て、道場を盛り上げた実績を買ったのである。

そうして、大沢道場の門人達の中から十名を選んで、錬太郎に付けた。

十人は、錬太郎の強烈な指導の下で、悲鳴をあげたが、それ以上に十名に選出された名誉に浮かれた。

「ふるいにかけるつもりで稽古をさせましょう。少しくらい門人が稽古場を出ていったとてお騒ぎなきように願いまする」

大沢は元来、人のよい男であったし、やっと集まった門人の中でやめていく者が出るのは避けたかったが、妻の実家からは、

「剣客と夫婦《めおと》にさせた上、流行らぬ稽古場まで与えてやって、まったくとんだことをしてしまいましたよ」

などと陰口を利かれている実情を慮《おもんぱか》ると、ここは手島錬太郎にかけるしかなかろうと、稽古場で起きている惨状には目を瞑《つぶ》り続けた。

そうして錬太郎は、思いのままに十名を鍛えあげた。

これまでのところ、十名の若い剣士のうち道場をやめてしまったのが二人いたが、錬太郎の凄《すさま》じい稽古が評判を呼んで、三人の命知らずが新たに入門した。

今の手島組の選から洩《も》れた従来の門人達も、虚栄《きょえい》を張って、ここでの稽古を望んだから、二名の欠員はすぐに埋まり、自ずと大沢道場の質は上がった。

自分が厳しくも非情な稽古を強いることが出来ぬなら、それが出来る者を雇い入れ、

門人達を鍛えあげる。

大沢鉄之助は、その方針によって道場の立て直しに成功しつつあった。

しかも、手島錬太郎が門人達を連れて出て、己《おの》が道場を開く心配もない。

錬太郎は、大勢の門人に目を向けねばならぬような面倒を嫌った。あくまでも、

「一人か二人、ものになればよい」

というのが信条なのだ。

錬太郎自身が猛稽古に臨み、ひたすら自分の体を痛めつけながら剣客となったわけであるから、

「これくらいの稽古ができずに何とする」

と、彼はいつでも非情になれた。

その信念が、今回もまた彼を鬼にする。

「やめろやめろ、お前らは皆、剣術などやめてしまえ、この穀潰《ごくつぶ》しどもが！」

猛稽古の合間に、組下の門人達をさんざんに怒鳴りつけていたが、稽古が終ると、団野道場へ誰を連れていくかを告げた。

「お前達のような小便くさい下手くそを何人も連れていけば、それだけこの道場の名折れとなるゆえ、こ度は三名だけ連れていく。まずは、安藤萬之助……」

晴れて萬之助は、真っ先に名を呼ばれて選ばれた。

「忝《かたじけの》うござりまする」

萬之助は素直に喜んだ。

手島組で稽古を続けてきた甲斐《かい》があったというものだ。

——手島先生は、自分のことをきっちりと見ながら、引き立ててくだされた。

萬之助は大喜びで家に戻ると、

「父上、励んできた甲斐がございました。これもまた父上のお蔭でございます」

父・宗十郎《そうじゅうろう》に嬉しさをぶつけた。

「わたしのような、剣術にはからきし能のない者の息子が、これほどまでに強くなるとは信じられぬのう。父も鼻が高い。よう励んだものじゃ」

宗十郎は、いかにも頭の切れそうな整った顔を綻《ほころ》ばせて、その日は飲みつけぬ酒を楽しみ、したたか酔った。

宗十郎は、主家が転封《てんぽう》になったことで実収が減少したのを憂《うれ》え、自ら暇乞《いとまご》いをした。

家来の数を少しでも減らしたいという御家《おいえ》の事情を慮ったのだが、内心では息子の行く末のためにはその方がよいだろうと思っていた。

どうせこのまま小禄《しょうろく》で仕えたとて、安藤家の台所事情はよくならない。それなら、自信があった理財の道に進もうと考えたのである。

「武士が金貸しまがいとは恐れ入る……」

そんな陰口を利かれるのはわかっていたが、金があれば、倅・萬之助を世に送り出してやることも出来るはずだと、恥を覚悟で仕官の道を捨てたのだ。

そういう父の姿を見ているだけに、大喜びする宗十郎を見ると胸が熱くなった。

萬之助は、団野道場での稽古に向けて、翌日からまた猛稽古に臨んだのだが、

「萬之助、選ばれたからといっていい気になるなよ。なんだお前のその構えは、まったく凄みがない。昨日は祝いの酒でも飲んで気が抜けたか」

手島錬太郎の叱責は、いつもより尚《なお》厳しくなっていた。

昨日までの、厳しくとも萬之助の剣技と努力を買っていた様子は毛筋ほども見られず、

「やる気がないなら、親の後をついて回って、金の取り立てでもしていろ」

突き放し、いたぶるような口調で責めたてたのである。

萬之助は当惑した。

以前から、錬太郎はこのような調子で門人達をこき下ろしてきた。

そういう物の言い方をする師範代だとは思っていたが、人間は不思議なもので、自

分に降りかからねば、耳から体の中に入ってこない。

「金の取り立てでもしていろ」

というのは、明らかに萬之助の人としての尊厳を貶《おとし》めるもので、

「今のお前はおれの下僕だ。そこから逃れたければ、もっと強くなってみろ」

そんな言葉が聞こえてくる。

「申し訳ございませぬ……」

貶められるのも、逆境を撥《は》ね返せという、手島錬太郎独特の言い方なのだと受け止め、萬之助は精一杯の気合を込めて稽古に励んだが、

「それで剣術を学んでいるつもりか！　ほんの嗜《たしな》みというなら、子供相手に立合をしていろ！」

錬太郎の容赦ない罵声は、萬之助に集中した。

その様子を見た大沢鉄之助は、さすがに萬之助が気になって、

「師範代は、誰よりもそなたを高く評しているのだ。それゆえ、そなたに辛く当るのであろうよ」

そっと萬之助を呼んで励ましたものだ。

「嫌ならいつでもやめてしまえ」

そのように宣言して、とにかくやめたくなるように追い込んでいく。

そこを堪えて這《は》い上《あ》がる者だけが、剣の高みに近付くのだと、暗に錬太郎は告げているのであろう。

萬之助もそれはわかっている。

だが今の自分の器量はそれに堪えうるものであろうかと、まだ二十歳を少しばかり過ぎたくらいの萬之助は弱気になってしまう。

——いや、弱音を吐いて何とする。

団野道場での稽古で認められれば、手島錬太郎も少しは満足を覚えてくれるはずだ。

萬之助は気を取り直して、狂ったように稽古に励んだ。

手島錬太郎の指南に浮かびあがる狂気をいかに振り払うかを考えると、それしか思い浮かばなかったのである。

四

団野源之進の道場に、手島錬太郎が大沢道場の俊英三人を連れて稽古に参加したのは、三人を選出した十日後のことであった。

大沢鉄之助はこれに随行しなかった。

師範代が生きの好い若者を連れて稽古場に伺う——。

形式張らずに、直心影流の第一人者といえる源之進に稽古をつけてもらう体にしたのである。

「お久しぶりでござりまする」

大沢道場を出ると、立居振舞も美しい手島鍊太郎である。恭しく源之進に挨拶《あいさつ》をすると、

「この手島鍊太郎も、団野先生に一手御指南を賜《たまわ》りとうござりまするが、生憎《あいにく》足を痛めてしまい、わたしの方から打ちかかることも叶《かな》わず、真に残念でござりまする」

と、見所《けんじょ》の隅に控えた。

立合は、目下の自分から次々に技を繰り出し、かかっていかねば無礼であるゆえに、鍊太郎は遠慮したのである。

「おぬしのことじゃ。足が思うままに動かせずとも、定めて理に適《かな》う立合をすることであろう。一手竹刀《しない》を交えたいものだが、今日は互いに教える立場じゃ。若い連中を見守ってやろうではないか」

源之進はにこやかに鍊太郎に声をかけると、自ら防具を身につけ、安藤萬之助以下、大沢道場の三人に稽古をつけてやった。

萬之助は感激に身が引き締まる想《おも》いで、精一杯の気合と元気で稀代《きたい》の名剣士・団野源之進にかかっていった。

さすがに竹刀は、源之進の体にかすりもしなかったが、源之進は上手に萬之助の技を引き出してやり、最後は一本打たせてやった。

錬太郎はむっつりとしてそれを見ていたが、やがて源之進が見所へ戻ると、

「先生に稽古をつけていただけるとは、三人の者も幸せでござりまする」

すぐに畏《かしこ》まって礼を言った。

「なに、そのうち、我が弟子が大沢先生の稽古場を訪ねることもあろう。その折は、おぬしの厳しい稽古を見せつけてやってもらいたい」

源之進は、手島錬太郎が厳しく激しく門人達に稽古をつけて、強い剣士に鍛えあげるとの噂を耳にしていた。

「それと、安藤萬之助なる門人。なかなか生きがようて、太刀筋もよいものを持っている。じっくりと育ててやるがよい」

そして源之進は、萬之助を誉めた。

錬太郎は畏まって、

「お誉めに与《あずか》り、恐悦《きょうえつ》に存じまするが、今のお言葉は萬之助にはまだ告げずにおきま

しょう」

「今告げれば彼の者のためにならぬか」

「あ奴はまだまだ弱うござりまする。今はまず己が弱さを思い知らせてやることが肝要かと」

「なるほど、確かに己が弱さを知ることも大事じゃ。されど弱さを知れば、そこから立ち直れぬ者もいるのではないかな」

「そのような者は、元より剣の道を生きても詮《せん》なきことと存じまする。一刻も早く身を引いて新たな道を生きるよう仕向けてやった方がよいのではないかと……」

「うむ。それも正しいな」

今や直心影流に隠れもない団野源之進に対して、手島錬太郎は臆《おく》することなく意見を述べる。

それだけ錬太郎が、剣士育成に強いこだわりを持っている心の表われである。源之進は近頃おもしろい男だと思った。

「そこで団野先生に願いの儀がござりまする」

錬太郎は、源之進の心の動きを読んだのか、すかさず伺いを立てた。

「何なりと申されよ」

「安藤萬之助に仕合をさせてやりとうござりまする」

「それはよい。せっかく稽古に来たのだ。仕合もためになろう。ならば相手は誰に務めさせよう……」

「男谷精一郎《おだにせいいちろう》殿にお願いできぬかと」

「精一郎？　それはこちらとしても願ってもないが……」

団野源之進は腕組みをした。

男谷精一郎は、源之進がもっとも目をかけている弟子である。

後の十三代的伝。幕末の英傑《えいけつ》・勝海舟《かつかいしゅう》の従兄弟《いとこ》に当り、幕府の講武所奉行《こうぶしょぶぎょう》として秩禄《ちつろく》三千石の大身となる。しかし今はまだ齢《よわい》十四。

既に非凡な才は見せているが、萬之助の相手には幼な過ぎる。

とはいえ、団野道場に来て、たちまち精一郎の剣才を見抜き、その名を訊ねて、仕合の相手に所望するとは、

――手島錬太郎、油断のならぬ奴じゃな。

源之進は、師範代の眼力としては大したものだと感心しつつ、精一郎の師としては気分がよい。

「だが、安藤萬之助の相手として相応《ふさわ》しいかどうかは知れぬぞよ」

と、断りをいれつつ、この仕合を許した。

〝相応しいかどうか〟には、幼な過ぎるゆえに格が合わないのではないかという意味に加えて、まだ十四歳の精一郎に負けた時、大沢道場としては恥辱になるのではないかという気遣いが含まれていた。

団野源之進が見たところでは、安藤萬之助はなかなかに剣才が窺《うかが》われる好男子であるが、男谷精一郎と仕合をすれば容易《たやす》くは勝てまい。

十四歳といえども、精一郎はすっかり仕合慣《な》れしている上に、ここは彼にとって庭のようなところであるし、何の重圧もなく伸び伸びと戦えるという利点がある。

それに比べると、萬之助は敵地へ乗り込み、厳しい師範代が見つめる中、勝って当り前の相手と竹刀を交えなければならないのだ。

――もしや、手島は精一郎に分があるのを承知で仕合を願い出たのかもしれぬ。

この仕合によって、萬之助に己が弱さを思い知らせるためであれば、随分と手が込んでいる。

「忝うござりまする」

錬太郎が喜んで、自ら立会人を務め仕合を告げてから、それが気になっていた。

錬太郎は萬之助に、

「相手はまだ子供だ。ここは余裕をもって、稽古をつけてやるがよい」

と、耳打ちした。

萬之助は素直にその言葉を受け止めた。実のある稽古をさせてもらったのだから、その返礼として成長著しい少年剣士の相手をしてやれということなのだろう。

――十分相手の技を引き出し、これを受け止めて、ほどよいところで一本を決めてやろう。

そんなつもりで仕合に臨んだ。

「三本勝負と参ろう」

錬太郎の合図で、萬之助は男谷精一郎と対峙《たいじ》した。

構えてみて萬之助は青くなった。

防具を着けると、相手はもう立派な大人にしか見えなかった。

しかも、精一郎の手の内は柔かく、どこからでも技を打てる風情が漂っていた。

そのうえ、まだ十四の精一郎には邪念がない。

とにかく前へ出て、気持ちの好い仕合をしようと、心も体もほぐれていた。

「ええい！」

すっと回り込むや、彼は元気いっぱいに遠い間合から跳躍した。

萬之助はさらりとそれをかわすつもりであったが、精一郎の技は信じられないほど伸びがあった。

「面あり！」

錬太郎の声が稽古場に響いた。

萬之助はかわす間もなく、精一郎の面をもらっていた。

「二本目！」

錬太郎はすかさず仕合を進めた。

萬之助は動揺を隠せず、それを鎮める間を探した。それにはとにかく間合を切って、足を動かし、束《つか》の間《ま》時を稼ぐしかなかった。

まだ十四の相手に、二十歳を過ぎた者がとる戦法としては甚だ見苦しいが、既に一本奪われていては、何としてでも取り返さねば後がない。なり振り構っていられなかった。

「それそれ！」

力強い掛け声と共に、萬之助は巧みな足捌《あしさば》きで右へ右へと回り込んだ。

幾分、気持ちが落ち着いてきた。

「えいッ！」

精一郎が上下に打ち分けて、連続技を見せたが、萬之助はこれを難なくかわした。なかなかやる――。

先ほど与えた一本は、男谷精一郎の若さゆえの無心の一撃が思いの外に伸びて、萬之助の調子が狂ったのであろうと、稽古場に居並ぶ剣士達は誰もがそう思った。

萬之助の剣技は、決して悪くはない。

団野道場の門人といえども、彼に容易くは勝てまい。一同はその想いを共有していた。

「とうッ！」

萬之助は攻めに転じた。さすがの精一郎も退《さ》がってかわすのが精一杯で、

「精一郎！　しっかり前へ出よ！」

源之進の叱責を受けたほどだが、萬之助は攻め切れなかった。

彼は目の前の相手に加えて、時折刺すような目で萬之助を見つめる、手島錬太郎が気になっていたのだ。

「まだ元服もすまぬ相手に、何という余裕のなさだ。まったく見苦しい奴めが！」

錬太郎の目には、そんな罵声が潜んでいる。

攻め切れぬ焦りによって、萬之助の体は次第に硬くなる。

ふっと気が錬太郎に向いた時、精一郎が退がりながら打った一撃が、萬之助の浮いた手許《てもと》を捉《とら》えていた。

仕合は男谷精一郎が二本を先取し、勝利した。三本目は儀礼として精一郎が譲った形で、萬之助が取った。

「今日は勝たせてもろうた」

団野源之進はそう言って、両者の健闘を称《たた》えたし、安藤萬之助の太刀筋のよさは認められたといえる。

しかし、その日から大沢道場の手島組における萬之助の位置付けは激変した。

団野道場から戻ると、

「十四の小童《こわつぱ》に次々と二本を取られ、三本目を譲られるとはお笑い草よ。お前のような恥さらしは、剣を極めるなどと大それたことは考えずに、竹刀の代りに算盤《そろばん》でも振りながら暮らせばよいのだ」

錬太郎のきつい叱責が待っていた。

別段、萬之助と共に団野道場の稽古に出た他の二人が優秀だったわけではない。

萬之助は仕合に負けたが、その実力は大いに認められたのであるから、卑屈になることもないのだが、それを許さぬのが手島錬太郎であった。

「お前はあの仕合に勝てたはずだ。くだらぬことを考えて体が動かず負けた。いかなる時も相手を倒すことだけを考えるのが剣客だ。少しばかり筋が好いと言われて、その気になって剣術を始めたお前などには到底及ばぬ境地のようだ」

錬太郎の叱責は執拗《しつよう》であった。しかも、言っていることは間違ってはいないので、傷口に塩を塗られるがごとく身に応える。

萬之助はこれにじっと堪えて己が励みの種にせんとしたが、

「子供に負けるお前が大人と稽古をしようなどとは十年早い」

錬太郎は、吐き捨てるように言うと、

「萬之助、お前に似合いの稽古相手を用意してやろう」

萬之助を十三歳以下の子供達の稽古に出させた。

「まずそこで、剣術たるものは何ぞと考え直すのだな」

萬之助にとっては恥辱以外の何ものでもない仕打ちであった。

自分の稽古にはならず、子供達の相手をしてやるだけで時が過ぎる。

それでも、そこから逃げ出したのでは、自分のために武士を捨て、金貸しとなった父・宗十郎に申し訳が立たない。

そっと自分を労《ねぎら》ってくれた大沢鉄之助の許《もと》から離れては義理が悪い。

子供達との稽古の中にも、忘れていた何かを思い出させる瞬間があるかもしれない。

ここでの屈辱を糧にして、辛い試練を乗り越えてみろというのが手島錬太郎の想いなのであろう。

若き純真な武士である萬之助は、その暮らしから逃げ出すことも出来ず、手島錬太郎の妖術《ようじゅつ》にかかったがごとく無為な何日かを過ごしたのである。

父・宗十郎には、団野道場での稽古では、団野源之進から励ましの言葉をもらったと伝え、浪宅にいる時はひたすら空元気を見せて過ごした。

だが、萬之助を襲う焦燥と絶望は、彼をすっかり憔悴《しょうすい》させていた。

手島錬太郎は、自分の組下の門人から萬之助を外そうとはしなかった。

時折、大沢道場で萬之助の前に現れ、

「どうだ、子供との稽古は？　さぞかしお前には身になったであろうが」

などと苛《さいな》み、萬之助の精神をずたずたに引き裂き、そして支配した。

団野道場での稽古から十日ばかりが経《た》ったある日。

本所清水町《しみずちょう》の浪宅を出て、亀沢町の道場へと向かういつもの道を、萬之助はその日も力なく歩いていた。

横川にでも竪川《たてかわ》にでも飛び込みたい気持ちであった。

手島錬太郎は、萬之助の精神をぎりぎりのところまで追い込んで、それからどうしようというのであろうか――。

萬之助にはそんなことを考える気力さえも最早《もはや》失《う》せていた。

「よお、どうしたのだ。何だか死人みてえな面ァしているじゃあねえか」

南割下水《みなみわりげすい》沿いの道を西へと行く萬之助を呼び止めた者がいた。

空《うつ》ろな目を向けると、そこには体中から威風を放つ一人の武士がいて、頰笑んでいた。

「峡先生……」

武士は峡竜蔵であった。

ほんの数回会っただけの相手なのに、萬之助は竜蔵の笑顔を見た途端、何かの呪縛から解き放たれて正気に戻ったような心地がした。

「先生、わたしはどうしていいのやら、まったくわかりませぬ……」

抑えに抑えた激情が、萬之助の体内から湧き上がり、彼の頰《ほお》に一条の涙を流させたのである。

五

峡竜蔵は、安藤萬之助と本所の道端で出会って言葉を交わしてから、萬之助が団野道場へ連れていってもらえたかどうか気にかかっていた。

ちょうど昨日、このところ下谷長者町の藤川道場に預けて修行をさせている、弟子の津川壮介《つがわそうすけ》が道場にその成果を報告に来たので、

「大沢先生の門人に、安藤萬之助ってえのがいるだろう」

彼の様子を知らないかと問いかけたところ、

「安藤萬之助ならば、先頃団野先生の道場に手島先生に連れられてやって来たそうで……」

壮介は、藤川道場だけでなく、方々の剣術道場に出向いているから、あらゆる剣士達の噂が耳に入ってくるようだ。

「ほう、やはり選ばれたのだな。そこで仕合のひとつもしたか？」

萬之助が手島錬太郎に認められたことを喜んでやりつつ、竜蔵が問うと、

「それが、男谷精一郎と立合い負けたとか」

「男谷精一郎……、おお、あの若いのか……」

竜蔵は男谷精一郎という将来有望な剣士がいるとの噂は聞いていた。

それゆえ、萬之助が負けたとしてもおかしくはないと思ったが、団野源之進ともあろうものが、十五にもならぬ相手を選ぶとは、どうも解せぬゆえ、事の次第を問えば、

「手島先生が望んだようにございます」

とのことである。

竜蔵はそれを聞いた途端、胸に引っかかりを覚えて仕方がなかった。

沢村直斎は、手島錬太郎のやり方が気に入らないとこき下ろしていた。それは、沢村の剣術へのこだわりと未練から口をついた言葉ではなかったかと竜蔵は解釈していたが、どうやら考え違いであったようだ。

「沢村は自分の目で見て、肌で気に入らぬものを覚えたのであろう」

剣術師範の中には、とことん弟子を追い詰めることで、鍛えあげようとする者がいる。

正しく手島錬太郎がそれではないか――。

誰よりも猛稽古に励んだ剣士であったが足を痛め、一線を引かねばならぬようになった無念は、その心中にとぐろを巻いているのであろう。

自分が為《な》しえなかった剣士としての夢を、弟子達に託すことで、己が剣を完成させ

ようと思った時、その理想は限りなく高みに近付き、これといった弟子をどこまでも自分の型にはめてみたくなるのに違いない。

錬太郎は、時としてやさしい言葉をかけ、稽古で突き放す。

若い剣士はこれをされると、調教された獣のように言うことを聞くだろう。

だが、調教の最中に、憤死してしまう獣とていよう。

峡竜蔵は、長く弟子を鍛え、方々に出稽古へ行くうちに、人を教える難しさを痛感していた。

そしてそれが、暴れ者であった竜蔵に伯楽《はくらく》の一面を持たせるようになっていた。

――他人の弟子のことなど放っておけばよいものを。

そう思いながらも、直情径行で、納得のいかぬことがあるとすぐに大暴れする峡竜蔵がここまでこられたのは、そんな自分に対して面倒がらずに世話を焼いてくれる人達がいたお蔭であった。

――あの安藤萬之助が、もしおかしなことになっているなら、声をかけてやりたい。

それが錬太郎のためにもなろう。

竜蔵は萬之助の今を調べ、本所出村町に母を訪ねるついでに、そこからほど近い清水町にあるという、萬之助の浪宅を訪ねてみることにしたのだ。

すると、折よく南割下水沿いの道をふらふらと行く安藤萬之助の姿を認めた。

——こいつはいけねえ。

一目見て、竜蔵は萬之助が正気を失っているのがわかった。それで声をかけたところ、萬之助の涙を見たというわけだ。

竜蔵は大よその察しがついたが、努めて明るく淡々と話を聞いてやった。

萬之助は、決して手島錬太郎への恨みごとは口にせず、今までの稽古と団野道場での出来事などを順番に語った。

「まったく、いい気になっていた自分が情けのうございまする」

やがてそう洩らしたのを聞いて、やはり自分の思った通りだと竜蔵はすべてを察して、

「そうか、よくある話だな」

にこやかに萬之助を見た。

「よくある話でございますか」

「ああ、よくある話だ。おぬしは何を思い悩んでいるのだ」

「それは、誰の想いにも応えられぬこの身が不甲斐《ふがい》ないと……」

「おれはそうは思わぬよ。おぬしは、誰を欺いたわけでもない。ただひたすらに励ん

できたはずだ。その何が不甲斐ないのだ」

「いくら励んだとて、人に認められねば何にもなりませぬ」

「馬鹿野郎！　人がどう思おうが、そんなものはどうだっていいんだよう。何よりも大事なのは、お前が手前の剣術に満足しているかどうかだろうが」

竜蔵は一喝した。

「わたしは、するだけのことはしてきたと思うております」

萬之助は、その迫力に押されて、しどろもどろに応えた。

「そんならいいじゃあねえか」

竜蔵は再びにこやかな表情となり、

「まあ聞け。おれはこう思うんだ。剣の道は、他人が己をどう思うかではない、己が己の剣をどう思うかに尽きる、とな」

「他人が己をどう思うかではなく、己が己の剣をどう思うか……」

「そうだ。生きていて何よりもつまらねえのは、誰かに何かをやらされるってことだよ。手前が学びてえから、稽古をするんだ」

「はい……」

萬之助は神妙に頷いた。峡竜蔵と話していると、不思議と心が晴れていく。

「お前は好い奴だが、その分真面目《まじめ》過ぎるんだよ。まだ若いんだ。何かにつまずいたら、ちょっと休んで考えりゃあいいんだ。お前は師範代の飼い犬じゃあねえんだぞ」

「いや、しかし……」

「しかしもへちまもあるかい！　手島はお前にあれこれ試練を与えているつもりかもしれねえが、そんなものはくそくらえだ。奴は、稽古のしすぎで足を痛めて、人を育てる側に回ったんだが、お前が奴の果せなんだ夢を、受け継がねえといけねえ理由なんて何もねえんだよ。大沢先生も何を考えているのかねえ。やめちまえ、やめちまえ。ガキ共の稽古相手をさせられていたんだろ、それで義理は果せたはずだ」

「しかし、やめてしまえば、この後わたしは……」

「お前は〝しかし〟が多過ぎる！　剣術なんてどこでもできるさ。まずその前に、お前はそのくそ真面目をどうにかしろ」

「お言葉でございますが、人の性質というものはそう容易く変えられるものではございませぬ」

「確かにそうだな。よし、乗りかかった船だ。殻《から》の破り方を教えてやろう」

「真でござりまするか」

「ああ、その硬い殻を破るんだよ。まず、ここはけじめとして、手島錬太郎に稽古をやめると言ってこい。〝思うところがありまして、こちらの稽古場から身を引かせていただきます。今までありがとうございました〟これだけ言って、後は何を言われても聞き流して引き上げるんだ」

「はい……」

「いいから行ってこい！　おれはそこのそば屋で待っているからよ」

「畏まりました」

何たる展開であろうか。峡竜蔵とたまたま出会っただけで、ここまで堪えてきた、手島組での稽古をやめることになるとは——。

だが、竜蔵と話していると、今まで自分のしていたことが、どうしようもなく滑稽《こっけい》に思えるのだ。

手島錬太郎にかけられた妖術が解けてきたのであろうか。

——自分はいったい何を思い悩んでいるのだろう。

竜蔵が言う己の殻を破ってみたくて堪《たま》らなくなってきた。

手島錬太郎によって押さえつけられてきた感情がここに爆発したのである。

それはまったく自分でも驚くべきことであったが、彼よりも尚驚いたのは、手島錬太郎であったと言えよう。

従順に師の教えに従い、ひたすらに稽古に励み、疑うことを知らない――。

鍊太郎は、安藤萬之助にはその素養《そよう》があると見ていた。そこが何よりの魅力ゆえ、萬之助の精神を乗っ取り、己が思いのまま操り、強い剣士に仕立てんと思ったのだ。

それが、何やら晴れ晴れとした顔で、

「身を引かせていただきます」

と言う。

――この軟弱者めが。

腸《はらわた》が煮え返ったが、己が失敗でもある。大沢鉄之助への手前もあり、

「近々、また団野先生の稽古場にお邪魔することになっている。その折は、赤石先生もお越しになると伺っている。お前の励みようによっては、連れていってやってもよいと思うていたのだがのう」

と、餌《えさ》をちらつかせて翻意《ほんい》させせんとした。

「あれこれ試練を与えてきたが、おぬしのような生真面目《きまじめ》な者は、試練を乗り越える度《たび》に心が強うなり、剣に磨きがかかると思うたればこそ」

しかし、そんな言葉を投げかけても、萬之助は表情を崩《くず》さず、

「この後は、その生真面目の殻を破ってみとうございます。ありがとうございました」

と言い切った。

「ふん、生真面目の殻を破るだと、お前にそんなことができるのか！」

錬太郎の怒りがついに爆発した。

「お前のようなのろまは、金を数えることしか能のない男が似合いだ。剣術などやめてしまえ！」

「ありがとうございました……」

それでも萬之助は顔色ひとつ変えず、頭を下げるとそのまま稽古場を出ていってしまった。

「おのれ……」

錬太郎は唖然《あぜん》とした。何があの若者に起こったのか。まるで想像もつかなかった。

「おれに逆った上は、二度と剣術が学べぬようにしてくれるわ」

錬太郎は舌打ちしつつ、次なる調教相手を選ばんと頭を捻《ひね》った。

幸いにして、なかなか筋の好いのが二人いるが、果して安藤萬之助ほどに素直に従うかどうか——。

「いや、奴の代わりはいくらでもいる。あの金貸し風情めが」

自分のやり方に間違いはないのだと、錬太郎は吐き捨てた。

その舌打ちが聞こえてきそうであったが、萬之助はまるで気にならなかった。自分でもそれが不思議であったが、

「やめちまえ、やめちまえ……」

「そこのそば屋で待っているからよ」

先ほどの峡竜蔵の、遊山にでも出かけるかのような口調が、未だ萬之助の体に絡みついていた。

それが大きな楯《たて》となって、錬太郎の鋭い目や、厳しい物言いをすっかりと撥ねつけていたのである。

六

「よし、きっちり話してきたか。そいつはよくやった。錬太郎は怒ったであろう」

件《くだん》のそば屋に竜蔵を訪ねると、彼は萬之助を手放しで誉めた。

「はい。〝お前のようなのろまは、金を数えることしか能のない男が似合いだ。剣術などやめてしまえ！〟などと、大変な剣幕でした」

「何だと？　あの野郎、許せねえ。それは、お前の親父殿をけなしているに等しいぜ」

竜蔵は怒りつつ、余計なことを口にしたと肩をすぼめた。

その様子がおかしくて、

「何も気になりませぬ。わたしの父は、金を数える他にも様々な能がありますから」

萬之助は、さらりと言った。

「うむ、よく言った。そばを食うか？」

「いえ、それよりも、早く殻を破りとうございます」

「そうであったな。まずここを出るとしよう」

竜蔵は、少し楽しそうな表情となって店を出た。

――この先生は、いったい何がそんなに楽しいのであろう。

萬之助は首を傾《かし》げた。藤川道場で何度か稽古をつけてもらっただけの自分に時を費やし、怒ったり笑ったり。

頭の中はいったいどうなっているのであろう。

だが未知との出合いがこれから始まると思うと、何やら心がうき立ってくる。

半病人のように家を出て、子供相手に稽古をすませ、大人の稽古には入れてもらえずにまた家に帰る――。

今日もその繰り返しであったはずなのに、一日の後半からは、まるで違う世界にいる自分に驚くばかりであったが、それにも慣れてきたのは奇蹟《きせき》である。

「まずお前はもっと怒らねえといけねえよ」

道すがら竜蔵は言う。

手島錬太郎は、怒りも悲しみも焦りも乗り越えたところに剣の神髄《しんずい》があると言った。

それを問うと、

「そんなものはまやかしよ。おれたちは神や仏じゃあねえんだ。怒りゃあいいんだ。手前の前に立ち塞《ふさ》がる奴に怒り、不甲斐ねえ自分に怒り、世間の冷たさに怒るのさ。そうすりゃあ、力が湧く。湧いた力で稽古をして、体に技を叩き込むんだ。そのうちに怒りに我を忘れても、体がちゃあんと動いてくれるって寸法よ」

「なるほど。そう教えていただくとよくわかりますが、わたしに何を怒らせてくださるのでしょう？」

「妙な訊き方するんじゃあねえや。お前の親父さんは近頃、家で嘆いていねえか」

「さて、わたしは自分のことで精一杯でしたから、そこまでは……」

「何を呑気《のんき》なこと言ってやがるんだ。お前にとっちゃあ大事な父親なんだろう」

「それはもう……」

「その親父殿が、おかしなところに金を回しちまって、五十両ばかり踏み倒されそうになっているって話だぜ」

「そうなのですか。知りませんでした」

「剣術のことであれこれ大変な倅に、要らぬ気遣いをさせぬようにとの、ありがたい親心だろうよ」

「左様でございましたか……。いや、しかしどうして峡先生がそれを」

「お前のことがちょいと気になったから、ついでに親父殿のこともな。おれの弟子には、腕っこきの目明かしもいるんだぜ」

「それは忝うございます」

「まったくよう、剣術を習っている立派な息子がいるってえのに情けねえ話じゃあねえか」

「はい……。腹が立って参りました」

「それでよい。いくぞ……」

「はい！」

竜蔵は、萬之助を連れて、本所入江町《いりえちょう》に出かけた。

弟子の御用聞き・国分《こくぶ》の猿三《えんぞう》が調べたところ、萬之助の父・宗十郎は、手堅い理財の他に手出しはしないのだが、古い付合の商家虹屋《にじや》の主人に用立てたところ、その金がそっくり破落戸の手に渡り、焦げ付いてしまっているという。

破落戸は、納谷吉左衛門《なやきちざえもん》という不良浪人で、この商家が仕入れの補充に五十両の金を借り入れるという噂を聞きつけ、あれこれと店の品に言いがかりをつけて、

「五十両ばかり貸してはくれぬか」

と、脅《おど》し取《と》ったというのだ。

あくまでも借金をしたというのだが、元より返すつもりなどない。

虹屋は困ってしまい、新たに五十両の金子を回してくれないと、店は潰《つぶ》れてしまうと泣きついてきたのだ。

安藤宗十郎にとっては大きな迷惑である。初めに貸した五十両の金は、きっと返ってくることはないと思われた。さらに五十両を融通したとて、その金も納谷吉左衛門に狙《ねら》われるのは目に見えている。

人情家の宗十郎は、浪人したばかりの頃に、この虹屋とのやり取りで理財の道が開けたので、切り捨てるのも憚《はばか》られた。しかし五十両の金は、ささやかに理財に励む宗十郎には大金である。おいそれと貸せるものではなかった。

どうしたものかと宗十郎は嘆いているという。

「そんなことも知らず、わたしはくだらぬことで思い悩んでいたとは、とんだ親不孝者でございます」

萬之助は嘆息した。

「それで先生、わたしはどのようにして話をつければよいのでしょう」

「話がつく相手ではなかろうな」

「ならば、どのようにすれば、五十両の金子を取り戻せるのでしょうか」

「知れたことだ。納谷吉左衛門と同じようにするだけよ」

話すうちに、吉左衛門が住処《すみか》にしている町外れの仕舞屋《しもたや》が見えてきた。かつては風流人の隠居所であったかのような、藁屋根《わらやね》が風情のある二階建ての家である。

表に置いた長床几《ながしょうぎ》に、着流しで長煙管《ながギセル》を使うむくつけき浪人の姿がある。こ奴は吉左衛門の乾分《こぶん》であろう。

こういう類《たぐい》と関《かか》わりになるのは修行の妨げだと思い、避けてきた萬之助であるが、さすがに剣術を修めているだけのことはある。

恐れを見せず、ただ物珍《ものめずら》しげに仕舞屋を見つめていると、

「萬之助、おれが名を呼んだらお前も手伝え」

竜蔵が告げた。

何をどう手伝うのか訊ねる間もなく、

「おう、お前さんは納谷吉左衛門殿の身内かい？」

竜蔵は長煙管の浪人に声をかけた。

長煙管はじろりと竜蔵と萬之助を見て、

「何だお前らは」

脅すように言った。下手に出ると嵩《かさ》にかかる。こ奴はそういう破落戸であるらしい。

「お前さんの親分に用があってきたんだ。ちょいと取次いでくれねえか」

それでも竜蔵は下手に出たが、

「お頭は取込み中だ。お前らなんぞに用はねえや。怪我しねえうちに帰れ」

長煙管はますます嵩にかかって、煙草《タバコ》の煙を竜蔵に吹きかけた。

竜蔵はにこりと笑って萬之助を見て、

「萬之助、よく覚えておけ、足下に唾《つば》を吐きかける、わざと肩に当たってくる、それから顔に煙を吹きかける。これをされたらすることはひとつだ」

と、言うや長煙管の顔面に鉄拳《てつけん》をくらわせた。

こ奴は、苦痛よりも陶酔《とうすい》を顔に浮かべて、開け放たれた仕舞屋の戸の向こうに吹き飛んで、ばたんと倒れた。

たちまち吉左衛門と、その乾分達が出て来て、竜蔵と萬之助を囲んで騒ぎ立てた。

「これじゃあうるさくて話にならねえ。まず黙らせねえとな。萬之助、手伝え！」

萬之助は、〝手伝え〟というのはこのことであったのかと納得した。

その時には、二人の乾分が地を這い、吉左衛門らしき顔に傷のある浪人が宙を舞っていた。

――これでは手伝わぬままに終ってしまう。

萬之助は相変わらず真面目に物を考えていたが、近くにいた乾分の一人がかかってくるのに体ごとぶつかり、相手の顎に頭突きを見舞った。

相手の悲鳴を聞いた時、ひとつ殻が破れた気がした。


やくざ者と話をつける時は、まず下手に出て、相手が調子に乗れば一気に叩きのめして、やさしく諭《さと》す――。

長年、峡竜蔵が行ってきた方法であるが、それがこの度もぴたりと決まった。

「おれは三田二丁目の峡竜蔵ってもんだが、こいつの親父殿は、お前に五十両用立てたんじゃあねえんだ。虹屋の主《あるじ》に用立てたんだ。それをお前が横取りするから話がややこしくなるんじゃあねえか……」

人間離れした強さを見せた後に、事を分けて話せば、誰もが峡竜蔵にひれ伏してしまう。

「これはひとつの至芸《しげい》でござりまするな」

萬之助は感じ入ったが、

「後腐れのねえように、叩き伏せた後は相手を立てておくのが大事だ。ふふふ、萬之助、お前も二人ばかりぶちのめしたようだが、なかなかやるじゃあねえか」

竜蔵は、さすがに剣術を修めた武士だけのことはあると萬之助を称えた。

「殻を破った上に、親孝行ができたじゃあねえか。言っておくぞ。お前は強いんだ。子供相手に稽古をしていて何とするんだ」

それから安藤家の浪宅に二人で戻ると、峡竜蔵の俄《にわか》なおとないに、宗十郎は目を丸くした。

竜蔵は畏まって、

「余計なことをしたかもしれませぬが、手島錬太郎はわたしの弟弟子でござりまして。それが萬之助殿を、強くしたいという想いが余って、いささかおかしな指南を始めたようなので、兄弟子としては放《ほう》っておけなかったというわけでござる」

まず萬之助が、大沢道場を出た経緯を語り、己が勝手な振舞を詫びた。

宗十郎は剣術には疎いものの、息子が剣客を目指した日から、直心影流についてあれこれ耳学問をしていたので、峡竜蔵がいかに大した剣客であるかは知っていたが、

——これほどまでに型破りな御仁とは……。

そのお節介と酔狂が、えもいわれぬ心地よさで、宗十郎をつくづくと感動させた。

「わたしは同じ流派の者として、宗十郎殿の御子息を買っておりましてな。このままには捨て置きませぬので御安心のほどを……」

そして、この後の萬之助の剣術修行を保証して、

「それから、これもまた余計なことをいたしたかもしれませぬが、御子息と共に納谷吉左衛門殿の許へ行き、これを返してもらって参りました」

と、納谷から取り返した五十両の金子を差し出した。

「何と……」

宗十郎、今度は口をあんぐりと開けた。

「萬之助殿をお叱りくださりますな。これもみな親への孝養を尽くさんがための想いゆえ……。わたしも心を打たれましてお手伝いをいたしました。もちろん、納谷のくそ野郎がこの後どうのこうのと言わぬように手は打っておきました。ははは……」

これには萬之助も口をあんぐりと開けて、竜蔵を見つめた。

「もしもでござるが……」

竜蔵は尚も続ける。

「武士が理財の道で生きるのを、どこか後ろめたく思い、息子を関わらさぬように気《き》遣《づ》うておいでであれば、それは要らぬことと存じまする。剣を目指すにも先立つものが入用《いりよう》でござる。かくいうわたしは、喧嘩の仲裁などしながら食い繋いで参りました。萬之助殿が親の肩助けをいたすは当り前でござりましょう。この後は、遠慮のう御相談なされた方が、萬之助殿も気が楽かと存じまする」

竜蔵が事を分けて説くと、

「父上！　この後はわたしを頼りに思うてくださりませ」

堪らず萬之助が手をついた。

「相わかった。こ度のことはありがたかったぞ」

宗十郎は萬之助を労ると、

「峡先生、何とお礼を申し上げてよいやら……。厚かましゅうはござりまするが、この後、倅を何卒《なにとぞ》よろしゅうお願い申し上げまする」

萬之助と共に竜蔵に深々と頭《こうべ》を垂れた。

「ああ、いやいや、そのように畏まられては困ります。そもそもわたしは何ゆえここにいるのか、自分でもよくわからぬのでござる」

竜蔵は我ながら物好きなことに時を費やしているものだと頭を掻《か》きながら、既に心の内ではかつての弟弟子である手島錬太郎に想いを馳《は》せていた。

七

それからさらに十日が過ぎて――。

手島錬太郎は、本所亀沢町の団野道場に、三人の猛者《もさ》を連れて現れた。

といっても、彼は満足していなかった。

三人の内、それなりに遣えるのは西沢《にしざわ》という若者一人だけで、他の二人はいずれも苦しい稽古をすれば道が開けると思い込んでいる愚鈍な若者で、筋が好いとは言い難い。この西沢も、安藤萬之助並の腕はあるが、まだまだ苦難に追い込んで鍛えあげる調教が出来ておらず、錬太郎を苛々《いらいら》させていた。

あの時、男谷精一郎と仕合させ、敗れた萬之助を徹底的にいたぶり、そこから仕込み直せば、

「こ奴はきっと強くなろう」

錬太郎はそう思っていた。やさしくて生真面目。これが萬之助の勝ちへの執着を弱めてしまっている。

それゆえ、これほどまでのものはないという屈辱を与え、〝勝ちたい欲〟を引き出

し、再びこの団野道場に乗り込むつもりであった。

何といっても、この日は団野源之進の師で、直心影流の大師範・赤石郡司兵衛が来ることになっていた。

ここで一気に立ち直り、相手を殺すつもりで仕合に臨む安藤萬之助の実力を見せ、自分の指南の成果にせんと思っていたものを──。

今日は、二十歳から二十五歳くらいまでの剣士達による勝ち抜き戦が計画されていた。西沢某《なにがし》では、

「せいぜい一人か二人抜ければよいところであろう」

と思われた。それゆえ、今日は久し振りの赤石郡司兵衛との顔合わせに止《とど》まることになろう。

──安藤萬之助め、無駄骨を折らせよって、もしもどこかの道場で見かけたら、息の根を止めてやる。

そんな怒りが、心の内にくすぶって、三人の若い門人はいつもよりも増して緊張を覚えていた。

「よいか、五人抜けばおぬしらの道は大きゅう開こうが、一人も抜けなんだ時は、二度と仕合に出られるとは思うなよ」

と、脅しつけるように言ったものだ。

やがて、団野源之進に案内されて、赤石郡司兵衛が稽古場に現れた。

六十半ばとなった郡司兵衛であったが、老人とは思えぬ威風が漂い、研ぎ澄まされた剣技の凄みを内に湛えている。それでいて、顔には穏やかな笑みが途切れることはなく、偉大なる剣術師範の徳を示している。

江戸に戻った折、錬太郎は真っ先に郡司兵衛に挨拶に出向いていた。彼は藤川弥司郎右衛門晩年の弟子であったから、弥司郎右衛門の高弟・赤石郡司兵衛が、実質の師であったといえる。

郡司兵衛は、誰よりも稽古熱心であった手島錬太郎が、足を痛めて後、指南役として新たな道を切り開いていると聞いていたので、

「江戸を離れていると聞いていたが、よくぞ戻ったな。若い者達をしっかりと導いてもらいたいものじゃ」

錬太郎との再会を喜び、

「おぬしが育てた者を、いずれかへ推挙できる日を楽しみにしておるぞ」

と、声をかけていた。

己が鍛えあげた者が、諸大名、旗本、徳川将軍家にいたるまで推挙されれば、自分

もまた剣術師範としての名声があがる。

錬太郎が、今日の稽古に期するものがあったのは無理もなかった。

「一別以来でござりまする……」

錬太郎は、郡司兵衛に恭しく、挨拶をした。

「楽しみにしているぞ」

郡司兵衛はここでもにこやかに応え、錬太郎の内なる想いも高まった。

そうして稽古が始まり、いよいよ仕合が始まろうとした時となって、錬太郎の表情が一変した。稽古場の入り口に、毬栗《いがぐり》頭の剣客の姿を認めたのだ。

その途端、鬼の師範代が、そわそわとして落ち着きがなくなった。

――まさか、今日ここへ来るとは聞いておらなんだが。

「これは先生方。御無礼申し上げまする」

赤石、団野両巨頭に対して堂々たる態度で、まるで悪びれず、しかも二人を上機嫌にさせてしまうその剣客は峡竜蔵であった。

手島錬太郎は兄弟子である竜蔵が苦手であった。

ひたすら猛稽古に励むことで、誰に対する畏怖《いふ》も払いのけてきた錬太郎であったが、稽古の厳しさも剣の腕も、男の迫力においても、この兄弟子だけには敵《かな》わなかった。

それゆえに、竜蔵が下谷長者町の藤川道場を出て、三田二丁目に己が道場を構え移り住んだ時は内心ほっとした。

これで藤川道場では恐いものなしだと思ったのだ。ところが、しばらくして自分は足を痛めてしまった。歩くことには支障がない。痛めたなりに己が剣を開こうと考えたが、峡竜蔵の剣を思い出すと、それも空《むな》しくなり、指南役の道に活路を求めたのである。

江戸へ戻れば、いつか竜蔵に会うだろうとは思っていたが、団野道場や大沢道場に顔を見せることはほとんどないと聞いていた。

まずは押しも押されもせぬ、剣術師範の体裁を整えてから、相見《あいまみ》えればよかろうと、意図して避けていたというのに、このようなところで会うとは――。

しかし、大沢道場の師範代とはいえ、今は同じ立場である。

「お久しゅうござりまする」

胸を張って竜蔵に礼をとったが、

「おう、錬太郎ではないか！　江戸に戻っていると聞いていたが、お前、おれを避けていやがったな！」

いきなり鼻柱を折られた。乱暴な口調であるが、竜蔵が言うとどこかほのぼのとしていて、周りの者は不快に思わないから困る。

「避けていたなど、とんでもないことでござる」

錬太郎は気圧《けお》されつつ、三人の若い門人の手前、落ち着き払って応えた。

「そうかい、それならいいが、お前のところに安藤萬之助ってのがいただろう」

「安藤萬之助……」

「いただろう」

「いかにも……」

「おれは何度か長者町の道場で会って、なかなか気に入っていたんだが、ここへ来る道すがらばったり道で会ったら、やめたというではないか」

錬太郎は青ざめた。まさか萬之助が峡竜蔵と顔見知りであったとは思いもよらなかった。

「いかにも、思うところがあるようにて」

「お前がいたぶったんじゃあねえだろうな。萬之助はなかなか性根の据わった男だ。滅多なことでけつを割らねえよ」

「いたぶったなどとは、言いがかりでござる」

錬太郎はさすがに気色《けしき》ばんだ。こんな場でいたぶったなどと言われては堪らない。

辛く当りはしたが、それも錬太郎にとっては育成の手段なのである。

「そうかい、そんならおれの思い過ごしか。両先生、その安藤萬之助はなかなかの男でござりまして、今日の仕合に加えてやってもようござりまするか」

竜蔵は、すかさず赤石、団野両師範に持ちかけた。二人が否と言うはずもない。

「忝うござりまする。おう！　萬之助、入ってこい、お許しが出たぞ。挨拶は後でしっかりとして、すぐに仕合の仕度をしろい！」

大声で呼ぶと、安藤萬之助が畏まって稽古場に入って来た。

「萬之助の奴……」

まだ剣術を続けていたのかと、錬太郎は気色ばんだが、

「おう、錬太郎……。お前、まさか文句があるんじゃあねえだろうな」

竜蔵は小声で言ったが、その響きには鬼をも黙らせる迫力があった。

「い、いえ、文句などと」

錬太郎は言葉を呑み込んだ。

「だろうな。手前が見捨てたんだ。文句の言いようがねえやな。錬太郎……」

「はい」

「門人をどこまでも追い込んで、そこから這い上がる強い奴が好きなのはわかる。だ

がな、這い上がれなんだ者は、二度と剣を取れなくなるのがお前のやり方だ。駄目な者は捨てていく。それは剣術師範として、やっちゃあいけねえことだ。そいつは兄弟子として忠告しておくぜ」

錬太郎は言葉が出なかった。

――そうだ。江戸にはこの男がいたことを、おれは忘れていた。

兄弟子であろうが、一流の師範であろうが、自分を猛稽古で追い詰めて、何度も生死の境を歩いたという手島錬太郎の凄みを前にしては、その稽古法や弟子の育成について口を挟む者は誰もいなかった。

しかし、峡竜蔵は変わっていなかった。

それなりに人間も穏やかになり、剣客としての名声も得たと聞いていたのだが、赤石、団野両巨頭の前でもぐいぐいと、時に喧嘩腰で迫ってくるのは相変わらずだ。

「よし、ならば仕合と参ろう！」

団野源之進が立ち上がった。

「五人を抜いた者には赤石先生が褒美《ほうび》をくださるそうだ。まず、安藤萬之助。そなたが仕《つかまつ》れ」

源之進は、先日、錬太郎に望まれたままに十四の弟子・男谷精一郎と戦わせたが、

歳《とし》も違い、また剣の筋も違う精一郎を相手にさせたのは軽率であったと、内心忸怩《じくじ》たる想いがあったのか、自らが立会人を務めて、

「今日はいずれも同じ年恰好《としかっこう》だ。存分にな」

と、声をかけてやった。

「ははッ！　何卒よしなにお願い申し上げまする！」

萬之助は勇んで応え、やがて大太鼓が打ち鳴らされ仕合が始まった。

「さて、共に見物いたすとしよう」

竜蔵は、錬太郎の肩を叩いた。

――萬之助め、あれから峡竜蔵の許で稽古をしていたか。

錬太郎は歯嚙《はが》みした。

察しの通り、先行きのある萬之助を潰してしまってはならぬと、あれから竜蔵は三田二丁目の道場に数日彼を起居させて、猛稽古をさせた。

但し、峡道場には笑いが絶えない。悔しさに顔をしかめても、稽古が終れば皆にこにことして次の稽古に備える。

そこにいると萬之助は精神が解き放たれていく想いがした。精神が軽くなると体も技も潑剌《はつらつ》とした。

手島錬太郎は、

「剣術は生きるか死ぬかだ」

と言ったが、峡竜蔵は、

「生への執着が、剣を強くするのだ」

と言う。

萬之助にはよくわからぬが、太平の世の剣は生を旨とするものだという理屈はわかる。

「始め！」

仕合は一本勝負である。

「えい！」

萬之助は、あっという間に一人を抜いた。

「お前は誰よりも稽古熱心だった……」

竜蔵はそれを眺めながら錬太郎に囁《ささや》く。

「そうして自分をどこまでも追い込んで、心も体も鍛えあげた」

萬之助が二人目を抜いた。

「それゆえ、生半な気持ちで剣術を習う者は許せねえんだ。それはわかる。だが、お前はお前、人は人だ。誰もがお前のようにはなれねえ。あんまり弟子を追い込むと、腹を切って死んでしまう者も出てくる。そいつはよくねえ」

萬之助の掛け声が稽古場に響いたが、錬太郎は何も聞こえぬほどに動揺した。

「知っていたのですか……」

「ああ、大坂で道場を開いていたお前は、それでいられなくなって、江戸に舞い戻ってきたんだろう」

「どうしてそれを……」

「医者になった沢村から聞いたよ」

「沢村さんから……」

「奴は、お前のやり方が気に入らねえといって、おれを訪ねてきた。その時、大坂の話はおれに伝えなかったんだが、沢村の奴、何か隠していやがるんじゃあねえかと気にかかってな」

「それで沢村さんをまた訪ねて……」

「ああ、奴は長崎から戻る中《ちゅう》に、大坂でお前の噂を聞いたそうだ。沢村はその時〝手島錬太郎は馬鹿みたいに稽古を積んで、足を痛めちまうという馬鹿をした。だから、手島は人の心の痛みを知る男だ。弟子を追い込んで死なせてしまうような男ではない〟と、言ったそうだ。だから江戸でお前に会った時、何やらやりきれなかったのだろうよ」

「沢村さんが……」

鍊太郎は沢村直斎を、世渡り上手で恰好《かっこう》をつけるだけの男だと思い、嫌っていた。それがそんな想いを自分に抱いてくれていたとは知らなかった。

「おれは大嫌《でえきれ》えだったけどよ。あいつも歳をとって、なかなか好い奴になってきたぜ」

「あの人が、わたしを気遣ってくださったとは、何やら信じられません」

「馬鹿野郎、おれだってこれで気遣っているんだよ」

「忝うござりまする」

「人は変わるもんなんだよ。お前も変わりな」

「変わることができましょうか。これまで、ひたすら弟子を追い込んで強くしてきたわたしが……」

語るうちに、非情を自らにも強いてきた鍊太郎の顔に赤味がさしてきた。

「変われるさ。おれも相変わらずの乱暴者だが、少しずつ人にお節介が焼けるようになってきたよ」

「ふふふ、ほんにお節介でござるな」

「これがなかなか楽しいんだぜ」

ふと見ると、萬之助が、

「それそれ！」

とばかりに三人目を抜いた。

「見ろ、ちょっとの間に萬之助も変わっただろう」

「いささか悔しゅうござるが」

錬太郎はゆっくりと頷いた。

「本当に楽しいんだぜ、お節介を焼くってのは」

「わたしにはわかりませぬ」

「そんならおれと五日ばかり付合うか」

「勘弁願います。誰もが貴方《あなた》のようにはなれませんよ」

「ふふふ、ぬかしやがったな」

二人が笑い合った時。

萬之助が四人目に勝利した。

さて、五人抜きなるか――。

見つめる二人の目が、若き日の兄弟弟子であった頃のそれに戻っていた。

第二話　試し斬り

一

「竜蔵殿、この度《たび》のことは真《まこと》に忝《かたじけな》かった」

「いえいえ、桑野《くわの》さんに引き受けてもらって、こっちも大助かりですよ。萬之助はしっかりとやっていますか」

「ああ、伸び伸びとして好《よ》い動きをする。あれだけ遣える弟子が俄《にわか》に入門してくるとは思わなんだぞ」

「喜んでもらえたら何よりですよ……」

師走《しわす》の冷たい風も、二人の剣客には実に心地よかった。

剣客が、峡竜蔵と桑野益五郎《ますごろう》であることは言うまでもない。

団野源之進の道場において、安藤萬之助は見事に仕合で五人を抜いた。

五人の中には、あの鬼の師範代・手島錬太郎が連れて来た三人の内の一人も含まれていた。

「弟子を育てることにおいては、せめて竜蔵殿に勝てるかと思うたものを……」

錬太郎は、誰《だれ》にも負けぬ師範として出直すと、かつての兄弟子である竜蔵に告げて、再び旅に出た。

萬之助は、峡道場への入門を願ったが、

「それは止《よ》した方がいい。おれんところは、お前の家から遠いよ」

通う間があれば、実のある稽古《けいこ》がもっと出来るものだと、竜蔵は萬之助を、彼の浪宅からほど近い、桑野益五郎の道場に預けたというわけだ。

桑野道場なら竜蔵とは昔馴染《むかしなじみ》で、何といっても母・志津が暮らす学問所の敷地内にある。

「また何かの折は、お前に稽古をつけてやるさ」

これには萬之助も喜び、桑野益五郎の老練な剣捌《けんさば》きと温和な人となりにもたちまち傾倒《けいとう》して、桑野道場期待の門人となったのである。

「よく考えてみれば調子の好い野郎ですが、親父《おやじ》殿はなかなかに内福《ないふく》ですからな。弟子としちゃあこれほどの者はありませんよ」

竜蔵がニヤリと笑ったように、萬之助の父・宗十郎は、それなりの金子を束脩《そくしゅう》として桑野道場へ納めたようだ。

近頃《ちかごろ》は桑野益五郎も不遇の時を経て、すっかりと暮らし向きも落ち着いた感があるものの、ともすれば謝礼も払えない弟子に構ってしまいがちな苦労人には、このような実力も財力もある弟子は真にありがたいものなのだ。

それで、この日は返礼の意味も込めて、益五郎は竜蔵を割の好い出稽古に誘ったのである。

出稽古先は、半蔵門《はんぞうもん》外にある井伊《いい》家上屋敷の武芸場で、一度直心影流の名だたる剣客を招きたいという要請が、人伝《ひとづて》に桑野益五郎の許《もと》へと廻《まわ》ってきたのだ。

それが、なかなかに結構な謝礼がついていたので、益五郎は迷わず峡竜蔵に声をかけたのである。

暮らし向きは落ち着いたものの、気儘《きまま》に剣客を続けようとすると、道場のやり繰りが大変なのは竜蔵も同じである。

「井伊様の御屋敷となれば、指南の仕甲斐《しがい》もあるってもんだ」

竜蔵は益五郎の誘いをありがたく受け、

「平河天神《ひらかわてんじん》の裏手に、うまい鰻屋《うなぎや》があるというから、久しぶりに二人で一杯やりますか」

と、話がまとまったのである。

出稽古へは、供を連れず二人で出向き、井伊家の家士を驚かせつつ、実のある稽古が出来た。

桑野益五郎は、六十近くになり、実に師範としての風格と味わいが出ていて、彼が何か言葉を発すると、稽古場に気がみなぎる。

そこへ、峡竜蔵が豪快な太刀《たち》捌《さば》きで、家中の士を相手に次々と立合い、稽古をつけていく。

息もぴったりに務めを果したのである。

そうして、臨時の稽古を終えて、二両ずつの謝礼をもらって、

「桑野さん、こいつはありがたい出稽古でしたよ。まず一献……」

二人はいそいそと平河天神へと向かった。

日の暮れには、まだもう少し時がありそうだが、これくらいから始めてちょうど互いに帰りやすい時分となろう。

店では鰻に泥鰌《どじょう》、玉子や豆腐料理も食べられる。

濃厚な蒲焼《かばやき》を頬張《ほおば》るのも堪《こた》えられないが、醬油《しょうゆ》に少し昆布《こんぶ》出汁《だし》を混ぜ、これに生卵を割り入れてつけ汁にして食べる湯豆腐はまた格別に美味《うま》いのだ。

「しかし、なんですねえ桑野さん……」

竜蔵は少ししんみりとして言った。

「桑野さんは、腕は好いのに不運続きで、なかなか道場も開けずに。この竜蔵はというとんでもない暴れ者で、稽古場を藤川先生から与えてもらったのに弟子が一人もいない時が続いた……」

「うむ、真にそうであったな」

益五郎も昔を思い出し、神妙な面持ちとなった。

「それが、大きな大名屋敷で出稽古を務め、稽古場には弟子が集い、懐を気にせずに鰻で一杯やれるようになったとは、ほんによかったですねえ」

「ははは、それもこれもみな、竜蔵殿のお蔭《かげ》だよ」

「おれのお蔭？　とんでもない。何かというと騒ぎを持ち込んだだけですよ」

「その騒ぎが、桑野益五郎の運気を、明るい方へ変えてくれたのであろうよ」

「ははは、物も言いようだ」

「いや、心底そう思うているよ」

竜蔵は、益五郎の真顔を見て、照れ笑いを浮かべながら、

「ならば、同じ明るい方に変えるなら、もっと金回りをよくしてもらいたいもんです

ねえ」

「まったくだ」

笑い合いながら、平河町《ひらかわちょう》の通りを行くと、派手な三味線の音色と、それに合わせて流行唄《はやりうた》を歌う賑《にぎ》やかな声が聞こえてきた。

「何だ、まだこんな時分から随分とできあがっているようだな……」

どこかに料理屋でもあるのかと、竜蔵が辺りを見廻《みまわ》すと、

「山田《やまだ》屋敷かな……」

横で益五郎がぽつりと言った。

「山田屋敷？」

竜蔵が怪訝《けげん》な顔をして、騒ぎの元らしき家屋を捜すと、五軒ばかり向こうの武家屋敷からそれは聞こえてくる。

「山田屋敷っていう新手の遊び場ができたんですか？」

武家屋敷は、なかなか立派な構えであるが、大名屋敷や旗本屋敷に比べると、造作がささやかである。それでいて手入れは隅々まで行き渡っているように見えるから、武家屋敷を真似《まね》た料理茶屋でも出来たのかと思ったのだ。

しかし、いくら酔狂な者がいたとしても、そんなことをすればお咎《とが》めのひとつも受

けかねない。

「まさかそんなこともあるまいな……」

小首を傾《かし》げていると、

「山田屋敷というのは、山田浅右衛門《あさえもん》殿の屋敷のことじゃよ」

益五郎は顔を綻《ほころ》ばせた。

「山田浅右衛門……。ああ、あの首切り役の」

竜蔵は合点がいったと頷《うなず》いた。

山田浅右衛門は公儀　腰物奉行《こしのものぶぎよう》配下で、御様御用《おためしごよう》を務める武士である。

腰物奉行はその名のごとく、将軍の刀剣一切を司《つかさど》る役儀で、御様御用はその中の試《ため》し斬《ぎ》り役である。

処刑の首切り役も兼ねていることから〝首切り浅右衛門〟と呼ばれる、江戸の名士であった。

この御様御用というのは特殊な役目で、山田家が代々浅右衛門を名乗っていた。

試し斬りや、首切り役は、誰にでも出来るものではないので、歴代の浅右衛門は弟子の中でも特に優秀な者が養子として選ばれることが多く、当代の浅右衛門は五代目に当る。

役目柄、不浄を受け持つゆえからか、代々が浪人の立場であるのだが、御様御用の折には手当が出る上に、処刑された罪人の死体を下げ渡される権利を持っていて、大名並の収入があると言われていた。

この死体が試し斬りの土台となるからだ。

刀の試し斬りは己《おの》が手でするという武士は、山田浅右衛門から死体を買い取ってする。

さらに山田家では人間の内臓の一部を原料に使って、丸薬《がんやく》を製造していた。

労咳《ろうがい》に効くと言われていたが、人の肝を使っての製薬などは、おいそれと出来るものではないから、死体を取り扱える山田家ならではの産物で、大いに利益を得たのである。

「なるほど、これが山田屋敷でござったか」

その辺の大名、旗本よりも余ほど内福《ないふく》であるが、浪宅であるのを憚《はばか》ってか、屋敷を地味に装っているのは、竜蔵には好感が持てた。

「いったい何の騒ぎなんでしょうね」

賑やかな宴《うたげ》の様子が外からも窺《うかが》われて、竜蔵はまた小首を傾げたが、

「恐らく、今日は土壇場で誰かの首を刎《は》ねたのであろうよ」

益五郎は静かに言った。

役儀とはいえ、人の首を刎ねるのは心苦しいのであろう。その日は決まって大騒ぎをして散財するのだそうな。

「ほう、それはまたおもしろそうな……」

竜蔵は、山田浅右衛門に興をそそられた。

武芸者として、試刀術《しとうじゅつ》の達人である山田浅右衛門の名はよく知っていたが、首切り役を務めた日に散財するというのは知らなかった。

だが、竜蔵とて人を斬ったことがあるゆえにわかる。

人の命を奪った空《むな》しさは、たとえ相手が生きている価値のない極悪人であっても、体にまとわりつくものだ。

それをこのように飲んで歌って騒いで、その念を払いのけようとするのは、真に人らしくてよいではないか。

様子を窺うに、己が家人や弟子達だけではなく、出入りの商人や町の者達も呼んで、芸者、幇間《ほうかん》をあげての宴のようだ。

死人で得た財である。何かの折に振舞う心がけも気持ちよい。

「山田殿は、死んだ者への供養も欠かさぬそうな。寺への寄進《きしん》も相当なものとか」

と、益五郎は告げた。この界隈《かいわい》の武家屋敷へは、時折出稽古に来るので、山田家についての噂《うわさ》はよく耳に入るのだという。

「わたしには、まだまだ知らないことが多いようです」

竜蔵は、陰惨な人斬りの姿を山田浅右衛門に見ていたので、意外な想《おも》いがした。

「一度会《お》うて、あれこれ訊《たず》ねてみたいものですねえ」

竜蔵は、ますます山田浅右衛門への興をそそられ、後ろ髪を引かれつつ、桑野益五郎と共に平河天神裏へと歩みを進めた。

背後から聞こえくる喧騒《けんそう》は、いつまでも竜蔵の耳から離れなかった。

二

山田浅右衛門に会ってみたい。

漠然とした想いを抱き始めた峡竜蔵であったが、それからほどなくして、門人の津川壮介が、同じく門人の古旗亮蔵《ふるはたりようぞう》、八木《やぎ》新之助《しんのすけ》を伴い、稽古後に拵《こしら》え場《ば》へとやって来て、

「折入ってお願いしたき儀がございまする」

と、申し出てきた。

その願いごととは、

「先生、我らも一度、試し斬りをしてみとうござりまする」

というものであった。

皆一様に、なけなしの金をはたいて差料《さしりょう》を新調したゆえ、その切れ味を確かめてみたいと言うのだ。

「ふん、そうではなかろう。お前達は、まだ人を斬ったことがないので一度斬ってみたくなった。そんなところではないのか」

竜蔵に問われて三人は言葉を呑《の》んだ。

「ふふふ、まあよい。剣を修めれば誰でもそのような想いにいたるものだ。だがなあ……」

竜蔵が説教を始めようとするのを、

「先生が仰《おつしや》りたいことは、重々承知いたしております……」

壮介が先手を打った。

竜蔵が、泰平《たいへい》の世にあっては、終生人を斬ったことがないという剣客もまた立派であると、予々《かねがね》語っているのを何度も聞いている。それでも津川壮介は、かつて竜蔵に従って争闘の場に臨んだことはあったが、人を斬るまでには至っておらず、それでい

て近頃入門してきた若い門人達には、

「津川さんは、二、三人斬ったことがあるようだな」

などと噂されているので、どうも肩身が狭いのである。そろそろ人間を斬ってみたい。

人を斬るのを楽しむのではない。武人としてその感触や、斬った時に刀の刃がどのようになるかを知っておきたいのである。

「どうあっても斬りたいのか」

竜蔵は、諭《さと》すのも面倒になってきて、弟子達の顔を見廻した。

三人は、神妙に頷いた。

「よしわかった。おれが立会った上でやってみろ」

竜蔵はついにこれを許し、竹中庄太夫をその場に呼んで、北原平馬《きたはらへいま》と話をつけるよう頼んだ。

北原平馬は津川壮介の相弟子で、峡道場の門人である御用聞き・網結《あみすき》の半次《はんじ》、国分の猿三に手札を授けた、北町奉行所同心・北原秋之助《あきのすけ》の息子である。

今は平馬も立派な同心となり、秋之助の隠居を受けて、日々務めに励んでいた。それゆえ非番の時の他は、峡道場でゆっくりと稽古をすることが出来ず、

「ここで新吾さんや壮介と共に汗を流していた頃《ころ》が懐かしゅうございます」

と、こぼしているのだが、北原家は代々の町同心であるから、山田浅右衛門との繋《つな》がりもあるはずだと思ったのだ。

――これで山田浅右衛門に会える。

竜蔵はそれが楽しみであった。考えてみれば、山田浅右衛門に会うにはこの手があったのである。

「庄さん、今度のことは他の門人にも、綾にも洩《も》らさぬように頼みますよ」

我も我もとなっては、死体がいくつあっても足りないし、そもそも試し斬り用に死体を調達するなど、いくら取られるかわからない。

綾は死体を試し斬りするなどという企《たくら》みを知れば、

「罪人とはいえ、首を打たれたことで、その罪は償われたはずです。それを刀で斬り刻むなど、考えただけでも怖気《おぞけ》が走ります」

などと言って、激しく反対するだろう。

ここはそっと行くに限るのだ。

庄太夫も、その辺りのところはよく心得ていて、当り障りのないよう立廻《たちまわ》り、平馬からは、

「うまく話はつけておきました」

との返事がきた。

浅右衛門は北原平馬には秋之助の代から世話になっている上に、直心影流の峡竜蔵の望みとあれば喜んで段取りしましょう、と言っているらしい。

しかも平馬の話では、

「形だけ、心付けを包んでくだされればようござりましょう」

とのことで、

「平馬も気が利いている。あいつも偉くなりやがったもんだなあ」

竜蔵は勇躍《ゆうやく》、津川壮介、古旗亮蔵、八木新之助の三人を連れて、平河町へと出かけたのだが、

「先生、わたしも冥土《めいど》の土産《みやげ》に斬ってみとうございます」

これにちゃっかり竹中庄太夫がついてきた。

「冥土の土産ってことがあるかよ」

竜蔵は、庄太夫のこういった惚《とぼ》けたところが健在なのを喜びながら、

「庄さん、言っておくが、死人を斬るのは随分と気味が悪いぜ。夢でうなされたって知らねえよ」

「脅かさないでくださいよ……」

庄太夫は小さな体をさらに縮めてみせたが、思えば彼もまた、あれこれと峡竜蔵の武勇伝に登場してきたものの、まともに人を斬ったことはなかった。

「わたしは、剣術の方はからきし駄目でござってな」

などと言いながらも、峡道場の板頭《いたがしら》としては、心得ておきたいのであろう。竜蔵に脅されても臆《おく》せず付いてきた。

煤竹売《すすたけう》りが町の方々で見られる。

「今年も押し詰ってきやがったが、こういうことは、正月にするもんでもねえしな」

時刻は夕の七ツ（午後四時頃）。日暮れる少し前の、表の通りに人が少なくなる頃にするのを山田家が望んだのだ。

竜蔵一行は、広い屋敷の裏庭へと案内された。

案内してくれた若い武士は、峡道場の噂を聞き及んでいるのか、万事丁重なもてなしで、時折は直心影流の奥儀についておずおずと問いかけたりした。

しかし、この若い武士とて山田浅右衛門の弟子として、既に何度か罪人の首を刎ねているのかもしれない。

体から発せられる独特の剣気が、それを物語っていた。

「まずはこちらへ……」

いきなり庭先へ案内して試し斬りを始めるというのも非礼だと思ったのであろうか、庭に面した座敷には茶菓の用意と、真新しい手拭《てぬぐ》いなどが置かれてあり、案内役はそこで休息を勧めると、

「しばしお待ちくださりませ」

一旦《いったん》、その場を立ち去った。

「忝《かたじけの》うござる……」

竜蔵は庄太夫と共に、大いに感じ入ったのだが、そこから見える蔵を眺めて、

「あの蔵に、骸《むくろ》が置かれているのかねえ」

小さな声で言った。

「そうかもしれませんな。あの蔵で人間の肝を取り出し、丸薬を拵えているのかもしれませぬぞ」

庄太夫は、その様子を想像しながら、おどろおどろしい口調で語り、三人の弟子達をぞっとさせた。

どんな時でも、どんな場所でも、峡道場の者達が何人か集まると、どこか滑稽《こっけい》な会話が始まるのは常のことである。

「先生、よく食べられますね……」

竜蔵が、人間の肝の話をしながら、おもむろに菓子を口に入れたのを見て、壮介がぽつりと言った。

「ちょっと腹が減ってな……」

決まりが悪そうに応《こた》える竜蔵を見て、一同は思わず笑い出した。

そこへ、主《あるじ》の山田浅右衛門が庭から現れて恭しく竜蔵達に頭を下げた。

「わざわざのお運び、忝うござりまする。某《それがし》が山田浅右衛門にござりまする」

年恰好《としかっこう》は四十半ば、羽織袴《はおりはかま》をきっちりと身につけ、にこやかに客を迎える姿は、すらりとした均整のとれた体つきと端正な顔立ちが美しく、〝首切り浅右衛門〟の印象とはまるで違って見えた。

竜蔵は、思った以上の大人物だと見て、慌てて自らも庭へと降りて、

「これは御丁寧な御挨拶《ごあいさつ》、痛み入りまする。直心影流・峡竜蔵にござりまする。今回は御厚情を賜り真に忝うござりまする……」

彼もまた恭しく挨拶をした。

「弟子達が、人を斬り、真剣勝負とはいかなるものか、己が手で試してみたいと申しまして、かく御無理を申しました」

浅右衛門は、まるで気取りもなく、気負った様子を見せず、実に爽《さわ》やかで豪快な峡竜蔵に魅入られたように、

「峡先生の御噂は予々お聞きしておりましたが、かくお会いできてありがたく思うておりまする」

と、言葉を続けた。

「実は、わたしも山田殿に、予々お目にかかりたいと思うておりましたゆえ、楽しみにして参ったのでござる」

「ほう、それはまた嬉《うれ》しゅうござるが、さぞや悪い噂でもお聞きなされましたかな」

「いや、先だってこちらの前を通りかかりまして。唄《うた》に三味線、とにかく楽しそうでございましたゆえ、どのようなお人かと気になりまして」

「ははは、左様でござったか。これは畏《おそ》れ入りまする。して、会うてみていかがでござるかな」

「思うていたよりも尚《なお》、楽しそうで立派な御方《おかた》でござった。強うておもしろみがある。何よりも武士にとっては大事だと思うておりますれば」

竜蔵と浅右衛門はたちまち打ち解け合った。

浅右衛門もまた、直心影流には型破りで情に脆《もろ》い、おもしろい男がいると聞き及ん

でいたので、いつか会って語り合ってみたいと思っていたのだ。

二人はこの後の交誼《こうぎ》を確かめ合い、

「ならば、試し斬りをさせていただきましょう」

竜蔵が所望し、浅右衛門が弟子達に命じて二体の首が無い死体を運ばせた。

この日に処刑されたもので、もう肌色も紫がかって、凄惨《せいさん》な様相を呈していた。

峡道場の門人達の顔に緊張が走った。竹中庄太夫は、何ごともないような表情を作っているが、小刻みに頬《ほお》がふくらんでいるところを見ると、吐き気を堪《こら》えているようだ。

「どうぞ、御存分になされませ」

「忝うござる」

「拝見いたしてもようござりまするかな」

「ははは、ここは山田殿のお屋敷ではござりませぬか」

竜蔵は、浅右衛門の申し入れを快諾したが、

「ただ、本日は刀の切れ味を試すことはせず、真剣で人を斬った時の手応《てごた》えのみを知らせてやりとうござるゆえ、山田殿に御覧いただくほどのものではござりませぬが……」

そのように伝えて、弟子達に心得を説いた。

「よいか、真剣での立合の折は、相手の腕を切り落したり、首を飛ばすような真似《まね》をするのではなく、いかにすれば相手が戦えぬようになるか、おぬし達にとっては、それを考えることが何よりも大事だ……」

たとえば、斬り合いとなれば、相手の手許《てもと》を狙《ねら》い、指を斬るか手首を傷つければ、相手はもう刀を取れなくなる。その時点で勝ちは自分にある。

手許を狙う他には、心の臓辺りを二寸（約六センチ）ばかり斬るだけでも、相手を殺すことは可能である。面を狙えば一寸で足りる。

刀を振り回さず、突き技を交じえて斬り結び、機を見て間合を切り、不利とあらば足を使って虎口《ここう》を脱する。

それが竜蔵が標榜《ひょうぼう》する真剣勝負である。

勝負にあって、ゆっくりと胴を真っ二つにすることなど出来ないのだ。

「おれは人間の体を一刀両断にできる……。そんな想いを持ったところで、こちらの御門人には遥《はる》か及ばぬのだ。下手な思い入れを持つのは命取りとなる。今回は、それを頭に入れた上で、稽古をいたすぞ」

峡道場の四人は、しっかりと頷いた。

「ならば工夫をいたそう」

竜蔵は、死体に添えられた竹棒を使い、これを立った状態にせんとしたが、

「お手伝いを仕《つかまつ》る」

浅右衛門は弟子に命じて、竜蔵が思う状態に仕立てさせた。

日頃は、死体を竹で固定して、寝かせた状態で試し斬りをするのが常であるゆえ、浅右衛門は大いに興をそそられたようだ。その目はひたすらに峡竜蔵の動きを追いかけている。

「忝し」

それから竜蔵は、真剣勝負を想定した間合を測って、四人の門人に人を斬った手応えを覚えさせた。

四人といっても、竹中庄太夫は何とか吐き気を堪えて、わずかに一度、腕を二寸ばかり斬っただけで終えて、

「生身の人間を斬るというのは、どうも空《むな》しゅうございますな」

感慨だけは人一倍であったのだが……。

日もすっかりと暮れて、竜蔵は早々に稽古を切り上げた。

死体を斬ってみたとて、その手応えなどはすぐに忘れてしまう。大事なのは刀の強

度で、それを試すならば、真剣同士で打ち合ってみて、いかに刃がこぼれるか、刀身が折れたりせぬかを見ればよいと竜蔵は思っている。

そもそもそんなに何人もの相手を斬るような事態が起こっては困るのだ。

刀身が折れさえしなければ斬れずとも武器にはなる。何とか振り回しながら難を逃れることも出来る。

それでも今日、試し斬りをさせたのは、人間の体を斬ったことがあるという経験が、いざという時に少しは役立つであろうし、無謀な真剣勝負の歯止めにもなろうと考えたからだ。

「実のある稽古となりました……」

竜蔵は浅右衛門に礼を述べ謝礼を手渡すと、五人で死体に手を合わせ、白い布をかけ花を手向けた。

「これは念のいったお心配り、忝うござりまする。殺伐としたまま終りにしとうはござりませぬゆえ、ちとお付合いくださりませ」

浅右衛門は深く感じ入って、峡道場の面々を宴に誘った。

この日も、二人の罪人の首を刎ねていたので、浅右衛門は宴の用意をしていたのである。

竜蔵は、この誘いをありがたく受けた。

何かというと飲んで騒ぐのは、峡道場とて同じである。

三味線芸者を呼んでのどんちゃん騒ぎを、五人は存分に楽しんだ。

「峡先生、先ほどの稽古には真に感服仕った」

その席で、浅右衛門は竜蔵が門人達にさせた試し斬りを称《たた》えた。

「動かぬ相手を一刀両断にしたとて、剣術においては何になろう。そのお考え、真に理に適《かの》うておりまする」

「いやいや、首のない骸を見て、わたしとしたことが気後れしたのでござりまするよ」

照れ笑いを浮かべて頭を掻《か》く竜蔵を、浅右衛門は眩《まぶ》しそうに見つめて、

「今度は某が、先生の稽古場を拝見してよろしゅうござるかな」

「はい、いつでもどうぞ」

「ありがたい。これで楽しみができてござる」

「その時は、二人でじっくりと語り合いとうござるな」

「それもまた楽しみだ」

酒に気持ちも体もほぐれ、二人は少しずつ話す口調もくだけていた。

三

会ってみて、山田浅右衛門が思った以上に魅力のある人物だと感動した峡竜蔵は、浅右衛門が自分の名を聞き及んでいたことが嬉しくて、試し斬りの二日後に、三田二丁目の道場に彼を招いて稽古を見てもらった。

竹中庄太夫ら四人の門人が、竜蔵に連れられて山田屋敷へ出かけたことは師範代の神森新吾《かみもりしんご》の他には内緒にしておいたので、

「おい、あの御方は山田浅右衛門殿だというが、まさか……」

「そのまさかだよ」

「〝首切り浅右衛門〟と呼ばれている、御様御用の御仁だ」

門人達にどよめきが起こった。

尊敬する峡竜蔵が、江戸の名士である山田浅右衛門と、かくも親交があるとは、皆一様に誇らしい気持ちになったものだ。

竜蔵は何食わぬ顔をしつつも、

「弟子達に面目が立ちましたよ」

もう長年の知己《ちき》のような様子で、浅右衛門に耳打ちした。

「そういえば、このところ防具を着けての立合をしておりませなんだ」

浅右衛門は、峡道場の熱気に溢《あふ》れた稽古風景に目を細めた。

「よかったら稽古をしていってくだされ。わたしがお相手を務めますよ」

竜蔵は勧めたが、

「いや、今日のところは拝見いたし、後で一献……」

浅右衛門は盃《さかずき》を持つ手付きをしてみせた。

「左様でござったな」

竜蔵は、半刻《はんとき》（約一時間）ばかり稽古を見せると、後の稽古を神森新吾に任せて、二人でいそいそと行きつけの店である〝ごんた〟に出かけた。

「大した店でもありませんが、ここの料理はなかなかうまいので、浅殿なら気に入ってもらえるかと」

「それはもう、竜殿のお勧めとあれば……」

彼らはいつしか二人だけの時は、浅殿、竜殿と呼び合うようになっていた。

〝ごんた〟は何時《いつ》来ても、肴《さかな》に外れはないが、冬のこの時期の魚は特に美味い。

今は白魚《しらうお》が旬で、玉子和《あ》え、青和えもよいが、醬油にほんの少し酢を落してそのまま食べるのが竜蔵の好みである。

主人の権太《ごんた》は、この日は塩鱈《しおだら》がよいと、湯豆腐にふんだんに入れて出してくれた。

「うまい……！　実にうまい……」

浅右衛門は唸《うな》って、

「このような店を、某は知りませいでな」

少し恥ずかしそうに言った。

ちょっとした大名並の収入があると言われている山田家の当主である。

「あの山田浅右衛門が、こんなけちな店で一杯やるとはしみったれてやがるぜ」

と言われるかと思えば、

「首を斬った骸を銭にして、豪勢なもんだねえ」

などとも言われる。

しかも、大名、旗本ではない浪人の身分なので、町の者達も陰口に遠慮がない。

とかく暮らしにくいのが〝首切り浅右衛門〟なのだ。

竜蔵は、その辺りの浅右衛門の心情はよくわかる。

竜蔵が浅右衛門に会って、ゆっくりと話してみたいと思ったのは、数えきれぬほど人の命を奪ってきた人間が、どのような志をもって日々暮らしているのか、その様子を窺い見られたら、己が死生観を磨く上で大いに役立つであろう。そのような想いからであった。

気難しくて、不浄役人と呼ばれることに怒りを覚え、どこか世間を狭くしているような頑迷《がんめい》な男であれば近付きたくもないが、処刑をした日は、派手に飲んで騒いで厄払いをするような男なら話もしやすい。

竜蔵は、刑場に出向く時の気持ちであるとか、罪人の首を斬る時の心がけなどは一切訊《き》かず、ただ馬鹿話をして時を過ごそうとした。

その話に、浅右衛門がいかに受け応えをするか。

それが楽しみであり、また聞くうちに山田浅右衛門の人となりや、首切り役人の苦悩などが自ずと浮かんでくるだろう。

浅右衛門はというと、正しく馬鹿話をしてくれる竜蔵を期待していた。

芸者や幇間を呼べば、洒落《しやれ》て垢抜《あかぬ》けた話をしてくれるが、知らず知らずのうちに発してしまう独特の剣気に呑まれて、誰の口調も自ずと重くなる。

そこへくると、峡竜蔵はさすがである。

自分の剣気をしっかりと感じつつも、それを恐れはせず、何人も人を斬ったという空しさを共有する者の親しみを覚えてくれるのがわかる。

恐ろしく剣が強く、腹を抱えて笑えるほどの馬鹿話が出来る男などそうはいまい。

その噂を聞いた時から、会ってじっくりと話をしたかった。

まず大いに笑わせてもらってから、日頃人に言えぬ本音を、少しだけでも吐き出すことが出来たら――。

それが、浅右衛門の望みであった。

今宵《こよい》はそこに、〝ごんた〟のうまい料理がついていた。

竜蔵が、藤川道場での修行中の失敗談や、弟子が一人もいない道場で喧嘩《けんか》の仲裁をして暮らしていた話などを始めると、浅右衛門は気持ちよく腹を抱えて笑った後、

――もうこの御仁には、何を話したとてよかろう。

聞き流すべきは聞き流し、ここぞという時は親身になって胸の支《つか》えを晴らしてくれるに違いないと察して、まずその半生を語り始めた。

竜蔵は自分に心を開いてくれたと嬉しくなり、姿勢を正して、神妙な面持ちとなった。

「あの平河町の屋敷で朝目覚めると、ここはいったいどこなのだと、某は時折思うのでござるよ……」

山田浅右衛門第五代である彼の元の名は、三輪文三郎《みわぶんざぶろう》という。

奥州湯長谷《おうしゅうゆながや》の大名、内藤《ないとう》家の家臣・三輪源八《げんぱち》の次男に生まれたのだが、母・ナヲが

三代目浅右衛門の娘で、彼は自然と試し斬りの技を修得するようになった。

四代目には、跡を継ぐべき男子がおらず、後継者選びが難航し、剣技抜群で山田家の血を引く彼が継ぐことになったのだ。

主家の内藤家の所領は一万五千石で、その家来の次男となれば、浪人身分であるとはいえ、大層好運であったと言わねばならぬであろう。

しかし、山田家の当主は刀剣の試し斬りだけではなく、死罪の執行人でもあった。

それによって大きな財を築いているのだが、この役目は随分と神経をすり減らすものであった。

「浪人の身とは申せ、御様御用は立派な御公儀の御役《おやく》である。人の首を切り落すのは楽しいものではなかろうが、相手はいずれも罪を犯した者ばかりじゃ。そなたの手によって、悪人であることから解き放ってやるのだと思うがよい」

などと言われて、山田家に入ったが、悪人を解き放つために剣を振り下ろすのだと心から思えるようになるには時がかかった。

首を刎ねたやり切れなさは、宴でまぎらわせて、死体で得た金は派手に使い、供養の布施は惜しまなかった。

中には辞世《じせい》の句を詠《よ》んでから受刑する者もいるゆえ、歌も学んだ。

「某が剣を学んだのは、こんな暮らしをしたいがためではなかったのでござるよ。ただ武士の務めだと修行をし、試し斬りは母方の家が山田家であったゆえ、教えてくれる人が身近にいた。それだけのことなのに、気がついたらこのような暮らしになっていた……。決してそれが不足だと思っているわけではござらぬが、歳《とし》を重ねるにつけ、何ともやり切れぬ想いがいたす」

つくづくと語る浅右衛門の話を聞いていると、

「さもありましょうな。朝起きると、自分が何ゆえこんなところにいるのか……。わたしには思いもかけぬことですが、それも天命なんでしょうよ」

竜蔵はそのように思えてくる。

「天命か」

「はい、天命……。何しろ御様御用は、先祖代々続けていけるものではありませんからね。親の跡を継いだとて、刀について頭の中に叩《たた》き込まれていなければならぬ上に、一刀のもとに咎人《とがにん》の首を刎ねられる、それだけの技量を持っていなければ務まりません」

「喜ばしきことなのだろうか、身に付ける技を選ぶべきであったのか、未《いま》だにわからぬ……」

浅右衛門は嘆息した。

本当は、三輪文三郎が五代目を継ぐはずではなかった。瀬戸《せと》源蔵《げんぞう》という優秀な武士がいて、これを養子として迎え入れ、山田家を継がすはずが、この源蔵なる武士はそれを断り隠居してしまった。

それで文三郎即《すなわ》ち当代・浅右衛門にお鉢が回ってきたわけで、

「それもまた運命《さだめ》というものなのでござろうか」

「わたしはそう思いますね。その源蔵って人は、自分にはとても務められぬ御役だとわかったゆえに隠居してしまった。だが浅殿は、自分の運命を受け入れてまっとうしている。それは大したもんだ。浅殿のお蔭で生きてこられた人はいっぱいいるはずだ。まあ、つべこべ言わずに御役をまっとうするんですな」

「つべこべ言わずに、か。ははは、その通りでござるな」

「今のわたしがそうですよ。父親は虎蔵《とらぞう》といいましてね。好き勝手に生きて、剣を極めてぽっくりと旅先で河豚《ふぐ》の毒にあたって死んでしまいました。馬鹿な親父《おやじ》だと思いながらも、今思えば羨《うらや》ましい限りだ。わたしは小さな道場と、女房子供にがんじがらめになって、真におもしろくない男になってしまった。だが、それもつべこべ言うなというところなんでしょう」

竜蔵は、ふっと笑った。それが自分の本音であったが、そういえば誰にもこんな愚《ぐ》痴《ち》を洩らしたことはなかった。

長年苦楽を共にしてきた竹中庄太夫にも、自分があらゆるしがらみにがんじがらめになって、いつしか峡竜蔵本来のおもしろみを失ない、あくなき剣への挑戦が出来なくなっていると口にしたことはなかった。

口に出せば、それが本当になって、発作的に道場を捨て、かつての父・虎蔵のように旅暮らしを続けてしまうのではないか――。

そんな気がして恐ろしいのである。

「浅殿のやりきれぬ想いというのは、それだけですかな」

竜蔵はにこやかに問うた。

自分の立場や生き方に悩むだけなら大きな屈託にもなるまいが、話すうちに、浅右衛門は他に何か心に引っかかりを持っているような気がしたのである。

「やはり屈託が顔に出ておりましたかな。これはお恥ずかしい」

「何も恥ずかしがることはござりますまい。互いに屈託を持ち寄って、今日はこうして二人で飲んでいるのですからね。何か御役目で、おもしろくないことがあるとか……？」

「いかにも」

「話してもらえますかな」

「聞いた後は、お忘れくだされ……」

浅右衛門は鱈《たら》の切り身を口に放《ほう》り込み、熱い酒で胃《い》の腑《ふ》に流し込むと、息を整えつつ竜蔵に真《ま》っ直《す》ぐな目を向けた。

「何年もの間、首切り役を務めておりますと、これから命を断つ相手の心が読めるようになって参りましてな」

もうすべてを諦《あきら》め、あの世に望みを繋ぐ者。

ただただ己が罪を悔いて、仏に許しを乞《こ》う者。

七度生まれ変わっても、悪の華を咲かせてやるとうそぶく者。

我が生涯に悔いはない、と今は潔く最期の時を迎えんとする反逆に生きた者。

色々な魂《たましい》の叫びが耳に届くが、

「何よりも辛《つら》いのは、〝おれは何もしてはいない。殺されるような罪は犯していない〟、そんな声が耳に届く時でござる」

浅右衛門は苦しそうに言った。

「なるほど、それは辛《つろ》うござりますな」

竜蔵は眉《まゆ》をひそめた。

町方の与力、同心の中には、賄《まいない》に転んだり、功名心に焦り、関《かか》わりのない者を罪人に仕立ててしまう者もいる。

濡《ぬ》れ衣《ぎぬ》を着せられる者も、疑われても仕方がない悪党であったりするのがほとんどだが、中にはまるで罪咎《つみとが》のない者が、極悪人の代わりに首を落されることもあるのであろう。

しかし、そんな心の叫びを聞いたとて、山田浅右衛門は、裁きで死罪と決まった者の首を刎ねるのが役目である。そこで私見を述べたりは出来ない。

黙って粛々《しゆくしゆく》と執行するしかないのだ。

「それが何とも辛うござる」

竜蔵は、浅右衛門の魂の叫びを聞いた想いがした。

濡れ衣を着せられたまま首を刎ねられる者も中にはいると思っていた。しかし、これは濡れ衣ではないかと察しつつ、首を刎ねねばならぬ者の苦悩にまでは思い及ばなかった峡竜蔵であった。

今改めて浅右衛門の口から報《しら》されると、怒りが湧《わ》きあがってきた。

「御心中、お察し申す。御立場上、町方役人を疑うこともならず、確とした証《あかし》を突きつけるのも至難の業。それはさぞかし屈託が溜《たま》りましょうな」

竜蔵はぐっと奥歯を嚙《か》みしめた。

浅右衛門は、その表情を見て感嘆した。

ここまで世の中の理不尽に、我がことのように怒りを顕《あら》わにする熱血漢を見た覚えがなかったからだ。

自分以上に怒る者を見れば、それだけで少し気分が楽になる。

「余計な話をしましたな。みな忘れてくだされ」

浅右衛門は相好《そうごう》を崩《くず》したが、竜蔵の唇は引き結ばれたままで、

「どの野郎なんです。そんな酷《ひど》いことをしやがる役人は？　濡れ衣を着せられた者が叫ぶ時は、決まって同じ役人が絡んでいるんじゃあないんですか」

と、唸るように言った。

浅右衛門は返答をしかねた。奉行所の役人達とは長き付合いのある山田家であるから、滅多なことは言えない。

しかし、こうなると竜蔵の気持ちは収まらない。

「浅殿、悪いようにはしませんから、もうひと越え話してはもらえませんか。そんな野郎を野放しにしておいては、弱い者が泣きを見るだけだし、浅殿の心痛もこの先ま

すます酷くなるってものだ」

浅右衛門は、じっと竜蔵の目を見た。元よりこの話を聞いてもらいたかったのである。そう思いながら踏ん切りがつかぬ自分がもどかしかった。しかし、竜蔵の目を見ると、ここまで話した上は、己が持っている疑念を伝えるべきである。

竜蔵が言うように、このまま見て見ぬ振りを決め込むのは、武士として男として、してはならぬことなのだ。

「北町の、寺崎克四郎《てらさきかつしろう》という同心でござる……」

浅右衛門は、重い口を開いた。

「寺崎克四郎、でござるな」

「いかにも、この同心が扱う件で、某は何度か嫌な想いをいたした。といって、何故嫌な想いがするのかがよくわからず、寺崎克四郎がよからぬことをしているかどうかも知れませぬ。これが某の思い違いであると祈りたいところでござるが……」

浅右衛門は、渋面を作ったが、

「わたしも、何ごともないことを祈りますよ。だが、浅殿が何かわからぬものの、嫌な想いをしたというのは、きっと、寺崎っていう八丁堀が嫌な野郎だからだと思いますねえ」

竜蔵は、にこやかな表情に戻った。

「うむ、まあ、その、嫌な野郎でござる。取り立てて無礼を働かれたわけでもないが、どうも話していても、何と申すか……」

「何だか、おもしろくねえ野郎なんでしょう。言葉の端々が引っかかるというか」

「左様、小骨の多い魚のような」

「小骨が多い魚、か。ははは、こいつはいいや、浅殿、好いたとえですねえ」

竜蔵はからからと笑った。

浅右衛門は楽しくなってきた。気に食わぬ奴《やつ》をぶん殴ってやりましょうと言わんばかりの竜蔵の怒り方と、悪童に戻ったかのように悪戯《いたずら》を共有した相手と笑い合う稚気が、深刻な話をも明るくしてしまう。

「まず、容易《たやす》く尻尾《しっぽ》を出しはしねえでしょうが、きっとその小骨野郎は嫌われ者に違《ちげ》えねえや。こうなったら二人で、頭から噛み砕いてやりましょう」

話すうちに調子が出てきた竜蔵の口調も随分と伝法なものになっていた。

そこへ権太がやって来て、

「先生、小骨がどうのって聞こえてきましたが、鱘に小骨なんかねえでしょう?」

と、首を傾げた。

「いけねえ、声がでけえや……」

慌てて口を押さえる竜蔵を見て、

「いや、亭主。鱈ではのうて人の話なのだ。やたらと小骨の多い男がおってのう。ははは、小骨野郎というのだ。ははは……」

浅右衛門は高らかに笑った。

四

翌日から、峡竜蔵は〝小骨野郎〟こと寺崎克四郎という同心について探り始めた。

町中では随分と暴れ回った竜蔵であるが、寺崎の名は聞き初《ぞ》めであった。定町廻《じょうまちまわ》りだというので、見かけたことはあるのかもしれぬが、この辺りは受け持ちではないのか、まるで馴染《なじみ》がなかった。

とはいえ、寺崎の評判を確かめるのに時はかからない。

弟子で御用聞きの網結の半次は、五十を過ぎてからは稽古をすることもなくなり、時折思い出したように、型稽古をするだけとなったが、竜蔵の顔は三日に一度は見に来る。

この日もふらりと現れたので、竜蔵はこれ幸いと、

「寺崎克四郎てえのは、どんな奴なんだい」

　意気込んで訊ねた。

「寺崎の旦那《だんな》ですかい……」

　半次は困惑を浮かべて、

「よくわからねえお人ですねえ」

「わからねえ？」

「あんまり人交じわりをしねえお人で、手先なんかもほとんど使わずに、何事も一人で務めを果すので、あっしらにはいってえどういう人なのかさっぱりと……」

　半次はすぐに、国分の猿三を呼び出したが、

「申し訳ございません。あっしも親分と同じで、どういう人だかさっぱり……」

　猿三の応えも同じであった。

　となれば北原平馬に訊ねるしかないが、話を聞くと平馬ともまるで付合いがないそうな。

　それで、先頃隠居した秋之助を訪ねて聞いてみたが、やはり応えは同じであった。

　歳は四十になるやならず。同心の中でははめをはずすこともなく、陰気で単独での行動を好む。

それでも、いざ捕物となると鬼の形相でかかり、あっという間にお縄にしてみせる。剣の腕も馬庭念流《まにわねんりゅう》を相当遣い、取調べも容赦はない。多分に強面なので、他の同心達もわざわざ親しく付合おうとはしないのだと秋之助は見ていた。

「寺崎がどうかしましたかな」

秋之助は内心では寺崎克四郎を快く思っていなかった。その相手のことを峡竜蔵が訊ねるのであるから、どうも気になる。

「いえ、どうもしませんよ」

そこは竜蔵も大人になった。余計な話をしたら、北原秋之助に迷惑が及ぶかもしれぬとうそぶいて、

「やたらと小骨が多い男と聞きましてね。どんなに食べ辛い御仁なのか気になったのですよ」

と、笑ってみせた。

「小骨が多い、食べ辛い……。ははは、正しくそんな男ですよ」

秋之助は相好を崩して、

「同心や役人は相身互《あいみたが》いですからな。料理の仕方はなかなか教えてくれませんよ。そ

れよりかは、浮世に長じた者の方が、小骨の数に詳しいと思いますがねえ」

秋之助は隠居らしい、穏やかな物言いで応えたものだ。

そうなると、竜蔵が訪ねる相手は決まってくる。

芝界隈《しばかいわい》の顔役、浜《はま》の清兵衛《せいべえ》であった。

すぐに竜蔵は、芝神明《しばしんめい》の見世物小屋〝濱清《はませい》〟へと出かけ、まず乾分《こぶん》の安次郎《やすじろう》を訪ねた。

清兵衛も七十半ばを過ぎた。安次郎も四十前となり、もう〝安〟とも呼び辛い貫禄《かんろく》が身に備り、今では〝濱清〟を任されるまでになっていた。

「こいつは旦那、寄ってくださったんですかい」

安次郎は、敬愛する竜蔵のおとないを受け、抱きつかんばかりに迎えると、

「親方が〝あまのや〟にいますから、ちょいとご足労願います」

「親方の手を煩《わずら》わさねえかい」

「旦那をお連れしなかったら、あっしが叱《しか》られますよ」

竜蔵は、安次郎に連れられて、芝神明参道にある休み処《やすどころ》〝あまのや〟へと出向いた。

「寺崎克四郎ですかい……」

竜蔵と会えて顔を皺《しわ》だらけにした清兵衛であったが、この名が出ると顔をしかめた。

〝あまのや〟の離れ座敷は内緒話には恰好《かっこう》の場であるが、〝小骨野郎〟という言葉にさえ、清兵衛はにこりともせず、

「あの野郎が、まさか旦那に何かよからぬことでも？」

真顔を竜蔵に向けてきた。老いて尚、清兵衛の怒気を含んだ顔には凄《すご》みがある。

竜蔵はその様子を見て、山田浅右衛門が寺崎に抱いている嫌な想いが浮かびあがってきたような気がして、

「親方だから言うが、その寺崎のお蔭で、濡れ衣を着せられて首を刎ねられた者がいるんじゃあねえかという話を小耳に挟んじまってね。もしそんなことが一度でもあったなら、捨て置けねえと思ってよう」

竜蔵は、山田浅右衛門の名は伏せたままで、寺崎克四郎への疑念を伝えた。

「そいつは思い違いじゃあ、ありませんぜ」

清兵衛は言葉に力を込めた。

「平六《へいろく》という男がおりやした……」

島帰りの博奕打《ばくちう》ちで、過去がある男だけに、江戸へ戻って来てもなかなかうまく仕事に就けず、結局は博奕場に出入りして、入れ墨者を看板にして荒《すさ》んだ暮らしを送っ

ていた。

しかし平六は、怪我《けが》をして動けなくなった野良犬を助けてやるような心根のやさしい男で、陽気で愛敬があり、清兵衛は気に入っていた。

使いっ走りの乾分にするには、平六はもう四十近い歳であったし、いかな清兵衛として島帰りを身内にすることは出来ない。

とはいえ、博奕場の用心棒みたいなことをしていると、そもそもが無宿人であるから、何か起きると目立つし、役人の世話になれば死罪も免れまい。

清兵衛は平六に、

「仕事にありつけねえからといって、賭場《どば》をうろうろしていては何も始まらねえぜ」

と諭して、露天商が出来るように段取りをつけてやった。

そのうちに、女飴《あめ》売りのおえいと恋仲になった。

平六はそもそもが孤児で、気がつけば博奕場で大人に囲まれて生き延びていた。博奕の常習で遠島になってしまった過去にも、同情する余地はある。

清兵衛は、やっと訪れた平六のささやかな幸せを喜んでやったのだが、

「それを、寺崎の野郎が潰《つぶ》しやがったんでさあ」

ある日、おえいが増上寺《ぞうじょうじ》裏手の繁《しげ》みで絞め殺されているのが見つかったのである。

その場には、平六の煙草入《タバコい》れが落ちていたことから、平六はおえい殺しの疑いで捕えられた。

それを取調べたのが寺崎克四郎であった。

寺崎のやり方は有無を言わさぬもので、おえいの死がまだ世間に伝わらぬうちに、

「ちょいと訊きてえことがあるんだ、顔を貸してくんな」

と、平六を呼び出し、そのまま牢《ろう》へ放り込んでしまったのだ。

それからほどなくして平六は死罪となった。

清兵衛は、おえいの死は噂に聞いたが、平六が突然いなくなったのは、その死の衝撃から姿を消してしまったのではないか、それくらいにしか思っていなかったので驚いた。

それと共に、寺崎克四郎への言いしれぬ憎悪が募った。

誰よりも早くおえいの骸を見つけて処理するや、面倒が起こらぬようにと、平六の身柄を押さえてそのまま処刑した。

まったくもって妙な話である。

平六の煙草入れが落ちていたというが、二人は恋仲であったのだ。平六が忘れていったものを、渡そうとしておえいが持っていたとも考えられるではないか。

「平六、何か思い当ることでもあるのかい？」

おえいの死について訊ねてやれず、平六の疑いについて弁明もしてやれぬまま、おえいは平六に殺されたとして落着した。

そして平六も刑死してしまった。

清兵衛達は悲憤《ひふん》を覚えた。

「もしや、寺崎の野郎、おえいに岡惚《おかぼ》れしやがったのかもしれねえ」

そんな想いがもたげてきたのだ。

寺崎は元より強引な手法で咎人を捕えるので知られていたが、武士でも町人でも有力者にまつわる者は決して狙わなかった。

むしろ庇《かば》ってやって、有力者に貸しを拵えるのが常である。

その上に、かなりの女好きであった。

役目と称して町の女に手を出すのは日常茶飯事で、粋《いき》な八丁堀の旦那となれば、放っておいても女は寄ってくるであろうに、寺崎はその辺りの点では堅物を装い、好みの女を物色するのである。

清兵衛が噂を集めてみると、

「寺崎は随分とおえいに執心していたってえじゃありませんか」

竜蔵は話を聞くうちに、気分が悪くなるほど腹が立ってきた。

つまりその寺崎という同心は、上の者に媚《こ》びて、下の者を虫けら扱いする色情狂《しきじょうきょう》で、自分になびかぬおえいを繋みの中で絞殺《こうさつ》し、すぐに平六を捕え、世間があれこれ言わぬうちに始末してしまったのに違いない。

しかも、確とした証拠がないので、それすらも謎《なぞ》のままでしかない。

そして平六の首を切った山田浅右衛門は、罪なき者の首を刎ねたのではないかと、今もそれが心の重荷となって深く残っているのだ。

「そ奴の首をおれが刎ねてやりてえや」

「あっしもそれを願いますよ。寺崎の野郎は、あっしがかわいがっていた男を悪人に仕立てやがった。それはこの清兵衛をこけにしやがったのも同じですからねえ」

「そうかい。親方も前から頭にきていたのかい」

「いかさま左様で、といっても、町方相手となりゃあどうしようもありませんや。何か好い手立てはねえかと思い続けておりやした」

「その話に、おれは乗ったぜ」

「旦那が……。そいつはいけねえ」

「そうなのかい」

「名のある先生になった峡竜蔵がすることじゃあねえって言いたいのかい」

「左様で」

「だが、生憎《あいにく》おれも義理あるお人に関わる話でね。ひとつ鼻を明かしてやらねえと後生が悪いのさ。かませてもらうぜ」

「へへへ、旦那も変わっちゃあいませんねえ」

「変わって堪《たま》るかってんだよ」

「旦那が一緒なら百人力だが、どうします。役人をぶった斬るわけにもいきませんぜ」

「おれも少しは、色んなお偉《えれ》え人と付合うようになったからわかるんだが、役人殺すにゃあ刃物はいらねえよ」

「なるほど……」

「二度と世間に出られねえようにしてやるのが何よりさ。これにはちょいとお偉方を動かさねえといけねえが、そいつはおれに任せてくんな」

竜蔵はニヤリと笑った。

「旦那は偉くおなりになった……」

安次郎がつくづくと言うのに、

「馬鹿野郎、こんな物好きの何が偉えんだよ」

と、叱りつけて、竜蔵はますます調子に乗ってきた。

それから、竜蔵は慌しく動いた。

まず、国分の猿三の案内で、寺崎克四郎の姿を見に出向いた。

ところは、愛宕《あたご》下の水茶屋であった。

菅笠《すげがさ》を目深《まぶか》に被《かぶ》り、着流しに太刀を落し差しにしたくだけた姿で、猿三とは背中合わせに床几《しょうぎ》に腰を下ろして茶を啜《すす》っていると、見廻り中の同心が小者を従えてやって来た。

「あれが寺崎の旦那です」

竜蔵の背後から猿三の囁《ささや》きが聞こえてきた。

細身で深い皺が数本、顔に刻まれている。鷲鼻《わしばな》と相俟《あいま》って、何とも嫌な野郎に見えた。

「おう、何か変わったことはねえかい」

寺崎は、平身低頭の茶立女《ちゃたておんな》達に声をかけると、さりげなく耳打ちをしている。

「野郎は何を言ってやがるんだ」

竜蔵は背後に向けて囁いた。

「さあ、あれこれと親切ごかしをして、口説いているんじゃあねえですかい」

猿三の声が返ってきた。

「あの面で、厚かましい野郎だねえ。なびかねえ時はどうするんだ」

「そこはなびくように脅しをかけるんでしょうよ」

そうして、おえいは殺されたのに違いない。

山田浅右衛門は、濡れ衣を嘆き悲しむ咎人の魂の叫びを何度か聞いたというから、平六のような目に遭った者は他にもいるのだろう。

――見てやがれ。浅殿の無念を晴らしてやるぜ。

竜蔵は心に誓うと、大目付・佐原信濃守邸の出稽古をこなし、浜の清兵衛とは頻繁に会って策を練り、平河町に山田浅右衛門を訪ねて、

「少しおもしろいことになってきましたよ。浅殿も一緒にどうです。なに、具合の悪いことは何もありませんよ」

悪戯っぽい顔を見せた。

賑やかなことが好きだとはいえ、それは首切り役を務めた時の行事にすぎなかった浅右衛門は、竜蔵に誘われて胸が躍ってきた。

「何のことやらようわかりませぬが、おもしろいことなら、どうぞよしなに」

彼もまた、嬉々《きき》として竜蔵の悪戯に付合うことにしたのである。

五

このところの峡竜蔵はまったく落ち着かず、まだ髪も伸び切らず、髷《まげ》もきっちりと結えないままに、外出を繰り返していた。

「いったい何を始めたのかしら」

一旦動き始めるとどうせ人の言うことなどに耳を貸さぬ良人《おっと》である。放っておけばよいのだが、妻の綾はどうも気になる。

竜蔵ならではの悪戯であればよいのだが、竜蔵は時として、とんでもない騒動に自ら巻き込まれていく節があるからだ。

今までは何とか乗り切ってきたが、もう四十をすぎたのであるから、いつまでも無茶をしていてよいものではなかろう。

「おもしろいことがあるのですか？」

綾は竜蔵に訊ねてみたが、

「おもしろいこと？　いやいや、ちょいと新しい出稽古先が決まりそうでな。まあその、仕度を調えるのに忙しゅうしているというところだな」

と、竜蔵は指で鼻をこすりながら応える。

その仕草は、竜蔵が隠しごとをする時の決まりなので、まったくの嘘《うそ》だとわかる。

といっても、やたら問い詰めるのも峡竜蔵の妻としては癪《しゃく》であるから、

「それはよろしゅうございました」

と、引き下がりつつ、そっと竹中庄太夫に様子を訊くと、

「いえ、新たな出稽古というのは確かでござりまするよ」

と、庄太夫は言う。今度、北町奉行所の同心連中に稽古をつけに行くのだ。

「とはいえ、その稽古の先に何か企んでおられるのかもしれません。様子を見ておきましょう」

庄太夫にそう言われると、綾も黙って様子を見守るしかなかったのである。

竜蔵が何を企んでいるか。実のところ、竹中庄太夫だけは聞かされていた。それが山田浅右衛門に関わる話であるだけに、あの日、共に試し斬りをした庄太夫は、浅右衛門の人となりに触れていたから、竜蔵が何としてでも、寺崎克四郎を陥《おとし》れてやろうとする気持ちがよくわかる。

ことがすむまでは、綾には内緒にしておくよう、竜蔵からも念を押されていたのだ。

ともあれ、竜蔵が北町奉行所へ稽古をつけに行くのは確かな話で、彼は竹中雷太《らいた》を

供にして、勇躍奉行所へと出かけたので、綾も竜蔵にしては珍しいことであるだけに、

「随分と心が弾んでいるのかもしれませんねえ……」

と思い直し、深く考えぬようにしたのであった。

確かに奉行所へ稽古に行くなど、珍しいことであった。これは、佐原信濃守が北町奉行・永田《ながた》備後守《びんごのかみ》に、

「峡竜蔵という剣術指南役は、滅法《めっぽう》強うござってな。是非とも、配下の衆に稽古をお勧めいたす」

と、強く勧めたので行われた。

備後守は百五十俵高の勘定から、役高三千石の町奉行にまで出世を遂げた旗本である。気にかかったことは何でも試してみる度量《どりょう》を持ち合わせていた。しかも決めたら迷いなくすぐに断行するのが信条であるから、時を移さず庭先で稽古を開いたのである。

峡竜蔵は、〝八丁堀の旦那〟とおだてられ、頭は小銀杏《こいちょう》、着流しに巻羽織でこれ見よがしに恰好をつけている同心連中を見ていると、どうにも叩き伏せてやりたくなり、今日のような稽古があるのを楽しみにしていた。

もちろん、叩き伏せてやりたい相手の筆頭は寺崎克四郎であったが、まずこ奴の品

定めをしておきたかった。

剣客が相手を知るには何よりも剣を交えることだ。そこに相手の性質も見えてくる。

そのために、久しぶりに佐原信濃守に願い出て成立させた稽古であったのだ。

「雷太、剣客の楽しみのひとつはな。役人や偉そうにしている奴らを存分に叩けることよ」

竜蔵は雷太に耳打ちをすると、気合を高めた。このところは、これといって実のある稽古をしていなかったから力が入った。

ぐっと五体を緊張させて、また力を抜く。

四十を過ぎた竜蔵は、自分の体を自在に操る技が身についていた。

「峡先生、北町の同心に腰抜けはおらぬゆえ、存分に稽古をつけてもらいたい」

奉行・永田備後守は、そう言い置くと職務に戻った。これで竜蔵は一暴れ出来る。

——好いお奉行だ。

偉い人は稽古に付合うことはない。ただ大事な一言を残してくれればよいのだ。

「いざ！」

竜蔵は次々と同心達を相手に立合った。

〝腰抜けはおらぬ〟との宣言に、同心達は必死にかかってきたが、弟子の北原平馬は別として、竜蔵を唸らせるほどの遣い手もおらず、皆一様に散々に打ち込まれて、稽古がすむと職務に戻った。

寺崎克四郎の番が近づいて来た。この男は一通りの礼儀は見せるが、決して竜蔵に目を合わせることがない。男独特の照れくささなのかというとそうではない。照れたり人見知りで目を合わすのが苦手な者は、その分愛敬を見せようとする努力が感じられるのだが、

「お前が何者か知らぬが、おれはお前になど用はないのだ」

と、言っているように思える。

この手の者は、臆病者《おくびょうもの》のくせに人一倍虚勢《きょせい》を張る。

——おれの嫌《きれ》えな野郎だ。

力を持っている者には、武士、町人の区別なくおもねる奴だと聞いているから、

——つまりおれをなめてやがるんだな。

浜の清兵衛が、虚仮にされたと息まくのがよくわかる。

竜蔵は、寺崎の番がさらに近付くと、特に立合いを激しくした。

寺崎の顔色がみるみるうちに変わった。

今日、初めて会った時は、奉行の気まぐれで稽古をさせられるのが不快で、峡竜蔵

がどれほどの者なのかと思ったのだろう。だがここまで腕の立つ男がいたとは思いもかけなかったのか。

「どうぞ、よしなに……」

立合う時に、この日一番の笑顔を見せてきた。

「こちらこそよしなに」

竜蔵も笑顔で返した。笑顔には笑顔で返すのが礼儀だが、立合に手抜きはない。

「それそれ！」

竜蔵は、軽く寺崎の打ちを返すと、上下打ち分けて一気にたたみ込むように打ち据えた。

――ふん、弱《よえ》え奴らを十手《じって》に物を言わせて捕まえるのは得手でも、竹刀《しない》は使えぬか。

その剣技は、僅かに右へ左へ回り込み、ほとんど体を移さぬまま、猫が鼠《ねずみ》をなぶるがごとくで、見ている同心達からは溜息《ためいき》が洩れた。

同心達の様子には寺崎を気遣う様子は見えない。彼はその父親が北町きっての敏腕同心で、その功によって奉行所内では厚遇を受けているのだが、現役世代の同心達には嫌われているらしい。

――ふん、それも小骨が多いからだろう。

竜蔵は、ぐっと突きを入れて寺崎を吹き飛ばし、

「いやいや、よい立合でござった。相手が強いとこちらも思わず力が入ってしまいました」

今度は目を回している寺崎克四郎を称えたのである。

その夕。

峡竜蔵と寺崎克四郎の姿は、葭町《よしちょう》の居酒屋にあった。

寺崎はすっかりと竜蔵に媚びを売り始めていた。この時、まだ彼は竜蔵が佐原信濃守の屋敷で剣術指南を務めているとは知らなかったが、俄に切れ者の奉行が出稽古を望んだことには、

——大した剣客で、さぞやお偉方と繋がっているに違いない。

と、思わずにはいられなかったのだ。

寺崎は今までに、三人の無宿者に罪を被せ死罪にしている。寺崎の頭の中では、どうせ無宿人にろくな奴はいないのだから、殺したとて何でもなかろうと割り切りが出来ている。

だが、何かの拍子に怪しまれるような事態が起これば、その時はやはりどれだけの

有力者と親しんでいるかが大事であると、この男は思っている。

同心仲間などいなくても、与力にかわいがられていれば、その方が何事にも役に立つし、下手に付合いがあると自分の素行を疑われかねないのだ。

〝八丁堀の旦那〟でいると、女は寄って来る。あれこれ便宜《べんぎ》を図ってもらえるからである。とり立てて美男でも粋でもない寺崎克四郎も、八丁堀の同心風に装えば不自由はない。

しかし、どの女もそうとは限らない。好みの女に限って寺崎になびかないものだ。それが自分の卑しい性根であるとか、心根が外見に表われる醜さからくるものとは思っていないところにこの下衆《げす》同心の質《たち》の悪さがあった。

そして、北原平馬のその後の調べでは、寺崎の猟色《りょうしょく》ぶりはいつしか同心達の間にも広まっていて、これを問題視する者も出てきているという。

網結の半次、国分の猿三を始め、浜の清兵衛一家の者達が探りを入れると、既に寺崎に近付いた女達から、その変質性が明らかになっていた。

中にはほとんど手込めにされた女もいたりしたが、誰一人として寺崎を懐しむ者はいなかった。

竜蔵はこの男が女絡みで起こした罪を被せられて死んでいった無宿人達が、哀《あわ》れでならなかった。そして、こ奴の仕組によって首を切らねばならなかった山田浅右衛門を、労《ねぎら》ってやりたかった。

彼は今、それを晴らすために、寺崎克四郎を誘って一杯やっているのである。

寺崎には他にあれこれ行きつけもあったが、

「寺崎殿は、なかなかもてると聞いておりますぞ。これから行こうと思うている店には、女の客がちらほらとおりましてな。お連れすれば女が寄ってきて、煩しいかもしれませぬが、その時はご勘弁くだされ」

竜蔵にそう言われると、

「峡先生のお勧めとあれば、どこへでも参りましょう」

と、応えるしかなかったが、女の客が寄って来るのは望むところであった。

葭町のこの店は、なかなかこざっぱりとしていて、小上がりの他には土間の入れ込みに床几が並んでいて、土地の色気を売る女達が、ちょっと腰をかけて一杯飲んで、店内の客に愛想をふりまいて帰っていく。

そんな居酒屋である。佐原信濃守の側用人にして竜蔵の盟友・猫田犬之助の行きつけで、竜蔵は何度か来ていたのだ。

「おう、今日は八丁堀の旦那と一緒だよ。贔屓《ひいき》にしてもらうがいいや」

竜蔵は店に入るや、寺崎を紹介して、小上がりで酒を酌み交わして、

「いやいや寺崎殿、先ほどはついむきになって申し訳ございませなんだが、ご貴殿の剣の筋はほんに大したものでござった」

寺崎を持ち上げた。

「同心の方々が剣を遣えぬわけはないと存じておりましたが、あれで真剣を抜けば、寺崎殿は恐ろしい腕でござろうな」

寺崎はこういう言葉に弱い。竜蔵が思うところ、かつてこの男に、こんな台詞《せりふ》を言い募って取り入った馬鹿な女がいたのであろう。

それが寺崎を勘違いさせ、猟色に走らせたのに違いない。

——まったく女ってやつは。

そんなことを腹で思いつつ、寺崎を酔わせると、そこへ一人の女がやって来た。

「寺崎の旦那じゃございませんか……」

親しげに話しかけてきたのは、おこうという衣服を商うすあい女で、三十前で小股《こまた》が切れあがっている。

「お前とは、どこかで会ったかい」

竜蔵の手前、冷静を装ったが、寺崎の顔は脂下《やにさ》がっていた。

「どこかで会ったかとはほんにお情けない……。まあ、前にお会いした時は随分と酔っておいででしたから、あたしなんぞに気がいかなかったのでしょうがねえ。この次見かけたら、〝おこうじゃあねえか〟なんて応えてくださいまし」

「ああ、そうするよ。お前みてえな好い女をどうして覚えていねえんだろうな。はは、余ほど酔っていたと見える」

「そんなら、きっとですよ」

おこうはそう言って、竜蔵に会釈すると立ち去った。

「先生におかしなところを見られてしまいましたよ」

寺崎は恥じてみせたが満更でもない表情を浮かべている。竜蔵はニヤリと笑って、

「好い女だ。寺崎の旦那も隅に置けませぬな。だが、ああいう女は男を狂わせる。御用心召されよ」

「ははは、あんな女に後れはとりませぬよ」

「ははは、まったくだ。諭す相手を間違えてござる」

それから竜蔵は、ひたすら寺崎を持ち上げて、

「八丁堀に知《し》り人がいるとわたしも心強うござる。以後は何卒《なにとぞ》よしなに願いまする」

竜蔵はそう言って締め括《くく》ると早々に宴を切りあげた。この男と二人で飲んでいる馬

鹿馬鹿しさが、うねりとなって押し寄せてきたのである。

六

どんな人間にでも綻《ほころ》びは出る。

なびかぬ女を殺し、その罪を誰かに被せて、巧みに生きてきた寺崎克四郎の弱味は、結局女であった。

彼は、峡竜蔵と交誼を結んだ宵に声をかけてきたおこうという女のことが気になって仕方がなかった。

恐らくおこうは何か勘違いをしているのではないかと思われた。寺崎の記憶には、おこうと会った覚えはなかったのだ。

だが、まったくなかったかというと、非番の折に酒場で女を冷やかしたことは何度もあり、その中にいたのかもしれない。

くだらない女なら、会っていようがいまいがどうでもいい話なのだが、小股の切れ上がった三十前の年増女《としまおんな》ともなれば、

――あの時であったかもしれぬ。

記憶を都合よく操作してしまう。

そう考えると、あの日は峡竜蔵と一緒であったゆえに、軽く言葉をかわしただけで別れてしまったのが悔やまれた。

峡竜蔵は、〝ああいう女は男を狂わせる。御用心召されよ〟などと言ったが、

――あの女にならば狂わされてもよい。

性懲りもなく寺崎はそんなことを考えていたのだ。

すると翌日に、おこうは見廻りをする寺崎に早速声をかけてきた。

まるで待ち受けていたかのような様子で、

「旦那、あたしですよ」

鼻にかかった声で言われると、もうどうしようもなかった。

「おう、おこうか。どうでえ、今度は覚えていただろう。何か困ったことでもあるなら聞いてやるぜ」

などと恰好をつけた。

「旦那、困ったことなら大ありですよ。ちょいとお耳を」

おこうは寺崎の耳許《みみもと》に口を近づけて囁いた。

おこうの甘い吐息が耳に触れると、寺崎の理性はさらに遠くへ飛んでいった。

翌日の昼下がりとなって、寺崎克四郎はいそいそと増上寺門前の町中にぽつりと広

がる木立の中にいた。

ここは空地に続く一画で、近隣には風情のある料理茶屋が軒を連ねていて、ちょうど共同の庭のようになっている。

「旦那、待ちかねておりましたよ」

やがておこうが現れた。匂《にお》い袋《ぶくろ》から漂う麝香《じゃこう》の香が、これから始まる秘事への期待を盛り上げた。

困ったことがあるので相談したい。ここで会いたいと言われてやって来たが、どうやら木立の向こうに二人だけになれるところがあるらしい。

おこうは寺崎を木立の中へ導いた。

「こんなところがあったのか……」

そういえば近頃は、この辺りを見廻っていなかったと思いつつ、寺崎は夢心地になった。

木立の中には葭簀《よしず》で囲われた小路があった。それを抜けると、鄙《ひな》びた家の戸が見え、

「ごゆっくりと……」

深々と頭を下げていた男衆が、二人を一間に請《しょう》じ入れると、戸を閉めて外から戸口に葭簀をかけて、いずれへかと消えた。

「こんなおもしろいところがあったとはな……」

二人になって麝香の香がより一層強く鼻をつく。おこうは寺崎の羽織を脱がせて、何やら耳許で囁くと、

「ちょっと待っていてくださいな」

寺崎に赤いしごきで目隠しをして、板戸で仕切られた隣室へと消えた。

「はいというまで、目隠しを取っちゃあいけませんよ」

隣室から甘い声と共に衣ずれの音がする。

前方と右側は板壁で、高みに明かり取りの引窓。床には毛氈《もうせん》が敷かれてある。

やがておこうは、妖《あや》しく射し込む明かりの下に、一糸まとわぬ裸身をさらすと言う。

その時までの目隠しなのだ。

「何という女だ……」

寺崎は、世には好き者もいるのだと、ニヤニヤとして呟《つぶや》いた。

――そうだ、おれも脱がねえとな。

互いに素《す》っ裸《ぱだか》での再会を望んで、おこうは隣室へと消えた。自分も目隠しをして出てくるから、声を合図に二人で目隠しを取れば、一転して裸の付合いとなる――。

おこうはそんな趣向を望んだのである。

　両刀を腰から抜き、傍《そば》へ置くと寺崎はそわそわとして目隠しをしたままで帯を解いた。褌《ふんどし》の紐《ひも》に手をかけた時、寺崎はもう堪らなくなって、

「おこう、早《はよ》うせい。まだか。おこう、おれはもう脱いだぞ！」

と、声を弾ませていた。

しかし、その時であった。

轟音《ごうおん》と共に、何やら部屋が明るくなった。

「おい、何があった……」

寺崎はさすがに異変を覚えて目隠しを外すと、何たることか――。

前と右の壁が倒れていて、彼の前には増上寺門前の賑やかな通りが広がっていた。

「な、何だ……！」

寺崎の裸身は冬の寒風にさらされ、そして衆人の目にさらされていた。

隣室へ続く板戸は開かない。あまりのことに固まる寺崎を見て、通行人の一人が、

「寺崎殿ではござらぬか！」

と、悲鳴にも似た声をあげた。

「あ、いや、その……」

寺崎はうろたえた。声の主は、御様御用を務める山田浅右衛門であった。

さらに、そこへ通りかかった供連れの大身の武士が、

「ええい、白昼見苦しき奴！　あ奴を捕えよ！」

と、叫んだ。

その武士は、何と時の大目付・佐原信濃守であった。

寺崎は慌てふためいて、脱ぎ散らかした着物を拾い集め、刀を抱えて出ようとしたが、後ろの戸も塞《ふさ》がれていた。

「見苦しい！　実に見苦しい！」

怒りつつ、信濃守は笑っていた。

通りの辻《つじ》でこの様子を見ていた編笠《あみがさ》の武士も、笠の下で大笑いしていた。これは峠竜蔵の微行姿――。

そして、通りを隔てて向かいにある料理屋の二階座敷の客達もひっくり返って笑っている。これは皆、浜の清兵衛一家の面々である。

この、突如出現した怪しげな出合茶屋を拵えたのは浜の清兵衛一家であった。

おこうという女も旅の女渡世人で、清兵衛に義理があり、話を聞いて喜んで引き受けたのである。

山田浅右衛門が通りかかったのも、佐原信濃守が偶然居合わせて激怒したのも、も

ちろん峡竜蔵が仕組んだことだ。

限りなく黒くとも、寺崎克四郎の罪を暴くのは至難の技である。とすれば、この男の役人としての地位を剝奪《はくだつ》し、生きながらにして人生を終らせるしか懲らしめる方法はない。

竜蔵と清兵衛の策は、これに収まったのである。

「この恥さらしめが！　それへ直れ！」

寺崎に歩み寄ったのは猫田犬之助である。彼もまた段取りをこなそうと叱責《しっせき》しているのだが、その顔は明らかに笑っている。

「ま、待ってくれ！　これは何かの間違いなのだ！」

しどろもどろになって、拾い集めた着物で前を隠す寺崎に、

「大目付・佐原信濃守様の御前を汚す不届き者めが！」

犬之助は笑いを懸命に飲み込んで叫んだ。

「えッ……！」

信濃守の名を聞いて、寺崎は思わず着物を取り落した。その拍子に褌の紐がはらりと解けた。

ここに至って、犬之助は我慢がならず下を向いて笑い出した。

佐原信濃守、清兵衛、安次郎、そして山田浅右衛門達も同様で、通行人達をも巻き込み、辺りは笑いに包まれて、してやったりの峡竜蔵であった。

七

寺崎克四郎は蟄居《ちっきょ》を命ぜられた。奉行所の恥をさらしたこの事態を重くみた永田備後守は、この機会に役人達の素行を、徹底的に調べることにした。

備後守は、前任の小田切土佐守《おだぎりとさのかみ》の死によって急遽《きゅうきょ》北町奉行に就任したばかりで、古参の与力、同心がその機に乗じて勝手な振舞をするのを以前から警戒していただけに、寺崎の破廉恥《はれんち》な振舞は真によい機会となったのだ。

八丁堀の同心が、罪無き者を陥れたと、素直に認めるかどうかはわからないが、少なくとも寺崎克四郎は、奉行所から放逐されるであろう。

日頃、専横の振舞ありと切腹を命じられるかもしれぬ。

「いずれにせよ。浅殿が首切り役を務める時に、〝おれは何もしてはいない。殺されるような罪は犯していない〟などという声が心に届くことは、この後ございますまい」

門松飾りが施されている山田屋敷を訪ねて、竜蔵は浅右衛門と二人で快哉《かいさい》を叫んだ。

「あんなに笑ったのは、生まれて初めてでござった」

つくづくと言いながらも、思い出してはまた笑い出す浅右衛門を見ながら、

「わたしも、ここまでおもしろいものを見物したのは、今までに覚えはありませんよ」

竜蔵も思い出し笑いをした。

「笑いで人を斬ることもできるのでござるな」

「いかにも。だが、浅殿にはこれから先も、刀で人を斬ってもらわねばなりませぬ」

「因果なものじゃ。ただの一人も斬らずとも、武士が生涯を終えられる時節に生まれたと申すに」

「そのうち次の浅右衛門殿に跡を託すこととなりましょう。そうなれば、竹刀を手にわたしと毎日でも稽古をいたしましょう」

「それはよい。その時はどうぞよしなに……。思えば、ただ試し斬りの段取りをつけただけの某に、これほどまでの御厚情。竜殿は真におもしろい御方でござりまするな」

浅右衛門は、書院で向かい合う竜蔵に頰笑《ほほえ》むと、

「真に忝うござる」

威儀を正して頭を下げた。

「いや、わたしも人を斬る痛みを抱える身ですが、それよりももっと多くの人を、正義のために斬らねばならなんだ御人には、敬意を払わねばなりませぬ」

竜蔵も威儀を正して畏まってみせる。

剣の無常、虚無を知る者だけが分かり合えるやるせなさを、二人は年の終りに互いの胸に刻んだ。

これでまた、新たな心がけを身につけ、新年を迎えられる。

浅右衛門は、晴れ晴れとした表情で、

「ならば隠居するその日まで、何として日々楽しみながら生きて参ろう」

少し首を傾げてみせる。

「朝起きた時に考えるのですな。さて今日は何をして遊ぼう、とね」

「毎朝、遊びを考える」

浅右衛門は、忘れぬようにと筆をとり、料紙に、

〝夜明けとともに遊びを考える　朝右衛門〟

と認《したた》めた。

「浅右衛門ではのうて、朝右衛門……。よい名でござるな」

と、はしゃぐ竜蔵を見ながら、浪人の身でいるのもよいものだと、朝右衛門は、今日初めて思った。

「竜殿のような生き方もあるのでござるな……」

彼はぽつりと言うと、庭へ降り立ち空に向かって手を合わせた。

第三話　父子遊戯

一

「鹿之助、言い訳は聞きとうない。男らしゅうござりませぬぞ」

綾の叱責《しっせき》がとぶ。

男らしくないと言われると、何も言えなくなるのであろう。不足そうな表情を浮かべながら、彼は俯《うつむ》いた。

文化九年（一八一二）の春を迎え、峡竜蔵の長子・鹿之助も数え歳《かぞえどし》六つとなった。子供もこの頃《ころ》になると、自分の想《おも》いを言葉として相手に伝えられるようになってくる。

鹿之助の場合は、峡道場の執政で物事に長じた竹中庄太夫や、世間の表も裏も知り尽くした御用聞き・網結《あみすき》の半次《はんじ》といった、一風変わった年寄り達にかわいがられて育ってきたので、童子ながらなかなかに老成《ろうせい》している。

その上に、父・竜蔵譲りの腕白《わんぱく》さを身に備えているので、悪さをしでかす、綾が叱《しか》る、もっともらしい弁明をする——という流れがこのところ多くなっているのだ。

竜蔵も親である。

しかも、四十を過ぎて穏やかになり、人への情もさらに深まっているから、愛息・鹿之助への関心は日々増している。

息子が母親に叱られていると、すぐにそれを聞きつけて、

「鹿之助がどうかしたのかい」

と、心配そうな顔をして綾の許《もと》へとやって来る。

「酷《ひど》いことをしておいて、言い訳がましいので叱っていたところです」

綾は凜《りん》として応《こた》える。

妻の毅然《きぜん》たる態度は、男にとって何やら恐ろしい。

「それはいかぬな。鹿之助、罰として稽古場《けいこば》へ出て、千本素振りをしてこい」

竜蔵は強い口調で命じた。

「はい……」

鹿之助は、この世で一番恐ろしい相手である父の言葉に、あたふたとして母屋《おもや》を出て稽古場に向かったのだが、

「また助け舟をお出しになって……」

綾はそれが気に入らない。

「助け舟は出しておらぬだろう。おれはきっちりと鹿之助に罰をだなあ……」

「お稽古場へ出て、千本素振りをさせるのが罰でしょうか？　むしろ褒美《ほうび》ではありませんか」

鹿之助にとっては、ここで母親から小言をくらうより、稽古場へ出て門人達に交じって、千本素振りをする方がよほど楽しい。それが綾にはわかっている。

つまり竜蔵は、罰にことよせて鹿之助に、ここから離れられる助け舟を出したということなのだ。

「な、何を言う。お前もおれと一緒に藤川道場で育ったのだからわかるだろう。千本素振りがいかに大変で、苦しくて……」

「またやり甲斐《がい》のあるお稽古であるかということも、存じております」

綾は静かに言った。

稽古場からは、素振りを始めた鹿之助の、

「えい！　やあ！」

という、たくましく弾んだ掛け声が聞こえてきた。

竜蔵はこれ以上何か言うと、ますますぼろが出るので、

「酷いことをしたと言っていたが、鹿之助は何をしでかしたのだ」

と、訊《たず》ねた。

「手習い所で、喧嘩《けんか》をしたのです」

「何だそんなことか……」

竜蔵はほっとして頬笑《ほほえ》んだ。

手習い師匠の許に通わせなくても、書や算盤《そろばん》に勝《すぐ》れた竹中庄太夫がいる。綾とて武士の娘であるし、一時は、竜蔵の母方の祖父で国学者の中原大樹《なかはらたいじゅ》の学問所に寄宿していたので学問に通じている。鹿之助の教育にはまったく困らないのだが、

「町の子供達とも触れ合って、道場の外の様子もしっかりと見知っていた方がようございましょう」

と、綾は鹿之助を、近くの儒者が開いている手習い所へ通わせていた。

「道場の外の様子を見るというのは、時には喧嘩もしろということではないか。それくらい大目に見てやれ」

「少々の喧嘩ならば、叱りはしません」

「ほう、どんな喧嘩だ。まさか、弱《よえ》え者をいじめたとか？」

「いえ、相手は十二の子だとか」

「十二？　そいつはでかしたな。うん、鹿之助もなかなかやる。ははは……」

「笑いごとではござりませぬ」

〝馬鹿ほど喧嘩が強い〟と、この辺りでは恐れられた竜蔵である。

近くの手習い子の親達は、ほとんど彼の名を知っている。その息子が同じ師匠に習っていると聞けば、鹿之助の相手になるなと、家で話のひとつも出ているのかもしれない。

だが、鹿之助は親の威光をふりかざしたことはないし、子供同士となれば大人の事情などはどうでもよいことだ。

中には腕自慢、喧嘩自慢の子供もいて、

「おう、はやく出ろよ。あとがつかえているんだよう」

などと言って、武士の子など恐るるに足りずとばかりに、手習い所から出る際に鹿之助を小突いたりするのだという。

「今思えば馬鹿なことをしたと思うんだが、子供の時ってえのは、気に入らねえというだけで、乱暴をしてしまうんだな。で、鹿之助はそれが頭にきたのかい」

「そのようです」

ずはない。

とはいえいくら峡竜蔵の息子でも、六つの子供が十二の子供と喧嘩をして勝てるは

それゆえに鹿之助は余計に悔しかったのであろう。今日は、手習いがすむと外へと

び出して、十二歳が出てくるのを表で待った。その手には、持ち出した手習い所の心

張り棒が握られていた。

そうして、何も知らずに出て来た十二歳の臑《すね》を打ち、彼が倒れたところを、

「おう、はやく出ろよ。あとがつかえているんだよう」

と言って、十二歳の頭をぽかりとやったらしい。

「ははは、こいつはいいや。〝おう、はやく出ろよ。あとがつかえているんだよう〟

か。鸚鵡《おうむ》返しとは気が利いているじゃあねえか。ははは、鹿之助もやるな」

竜蔵は心地よく高らかに笑った。

「ですから、笑いごとではありません」

「そうだな……。で、ぽかりとやった相手は頭が割れちまったか」

「いえ、そこはあの子も剣術を習っていますから、うまく手加減をしたようで、頭に

こぶができたくらいですんだらしくて」

「ほう、それも大したもんだ。手加減をしたか。よくやったぜ」

「よくやって当り前でございます。あの子は生まれた時から、峡竜蔵に剣術を仕込まれているのですから」

綾はぴしゃりと言った。いくら悔しくとも、頭にこようとも、棒を手にしてぽかりとやるとは酷過ぎると綾は怒っているのだ。

相手がはるかに年長者であるとはいえ、剣術の心得がない者に、心張り棒を持ち出して勝ったとて誉《ほ》められたものではない。

「恥を知りなさい」

と、綾はきつく叱ったのだ。

「まず、そこんところは、綾の言う通りだな。確かに誉められたものではない」

竜蔵は神妙な面持ちとなったが、

「だが、あいつも何度か小突かれていたんだろう。ちょいとやり返したってところじゃあねえか、少しは大目に見てやれよ」

穏やかに綾を宥《なだ》めた。

「わたしも少しは大目に見てやろうと思っておりましたが、その後の言い訳が気に入りませぬ」

「あいつも覚えたての言葉を並べてみたくなったのさ。何てぬかしやがったんだ」

「喧嘩には、卑怯《ひきよう》もくそもないと」

「そんなことを……」

「自分が強ければ、誰《だれ》かが苛《いじ》められているのを助けてやることもできる。そのために、〝喧嘩は日頃からして、自分の強さを見せておかないといけないんだ〟などと言いました」

「う〜む……」

竜蔵は腕組みをした。それはすべて、自分が鹿之助に教えたことであった。

「言い訳がましいかもしれぬが、鹿之助の言っていることにも一理ある……。まあ、その、弱い者を守ってやるには、やはり自分が強くなければならぬのだ……」

「弱い者を守ってやるのは好《よ》い心がけだと存じますが、そのために日頃から喧嘩をしておかねばならないという理屈はおかしゅうございます。そうは思われませぬか？」

綾はじっと竜蔵を見つめた。

もう何年も一緒に暮らしているというのに、綾に見つめられると、竜蔵の五体、五感に潜むあらゆる罪悪感が疼《うず》く。

綾はもちろん、鹿之助が口にした言い訳の出どころが、竜蔵であるということをわかっている。

鹿之助を叱りつつ、竜蔵にもおかしなことを教えてくれるなと暗に伝えているのであるから、竜蔵も何も言えなくなってしまう。

——いや、それでも男というものは子供の頃からそういう戦の中に身を置いているのであるから、おれの言ったことは間違ってはいないはずだ。

と、思うが、

——だが、その考えが正しいかというとそうでもない。

すぐにその気持ちがしぼんでしまう。

こうなると峡竜蔵も妻と子供の間に立っておろおろとしてしまう、その辺りの亭主と同じである。

「喧嘩をするなら、弱い者を守ってやる時にすればよいのだな。うん、確かに日頃から強さを見せびらかすこともないのだ。そこんところは、おれからも言い聞かせておこう。だがな、その十二の手習い子に思い知らせてやったのは間違ってはいない。六つの子が十二の子を相手にするのだから、そりゃあ心張り棒のひとつ使ったっていいだろう。いや、もちろん、鹿之助には無闇《むやみ》に剣術の技を使うものではないと言い聞かせてはおくが……」

竜蔵は、しどろもどろとなりつつ父親の権威を見せておこうとしたが、これでは鹿之助以上に言い訳がましい。

「旦那《だんな》様からも、叱ってやってくださいませ」

綾はやっとにこりと笑った。

鹿之助を乱暴者にはさせたくない――。

その想いが伝わればそれでよいのだ。

綾は恭しく竜蔵に一礼すると、鹿之助の稽古着の繕いを始めた。

「鹿之助も、大きゅうなったものだな」

竜蔵はほっとした表情となって、稽古場へ戻った。

綾は、少しばかりしてやったりの想いでころころと笑った。

稽古場からは、鹿之助が木太刀《きだち》を振る勇ましい掛け声が相変わらず聞こえていた。

二

「よし、それでよい」

竜蔵は千本素振りを終えた鹿之助を誉めてやると、綾から聞いた一件については叱らずに、

「お前も好《い》い男になりやがったな」

満足げに小さな肩を叩《たた》いてやった。

綾に叱られるかもしれないが、竜蔵は鹿之助のとった行動を依然評価していた。

十二の相手に対して臆《おく》さずぽかりとやったのは爽快《そうかい》であるし、

「言い訳はしても、父にこうしろと言われたってことを、口にしなかったのだな」

そこが気に入っていた。

「はい。父うえに言われたから、などと言いわけするのは、見ぐるしいと思いましたので」

すっかり大人びた物言いで応える鹿之助に、竜蔵は目を細めた。

どうせ綾のことであるから、竜蔵と鹿之助との間にどのようなやり取りがあったかは、お見通しであろうが、父のせいにはせず、自分の信念であると言い切るなど、子供にしてはなかなかに男気があるではないか。

「よし、鹿之助、今度遊びに連れていってやろう」

「まことでござりまするか」

「ああ、男に二言はない」

鹿之助もいくら大人びていてもそこは子供で、父が遊びに連れていってくれると聞いて無邪気に喜んだのである。

竜蔵は、それからすぐに鹿之助を、湯島聖堂《ゆしませいどう》近くを流れる神田川の河岸《かし》に連れていった。

その日は聖堂西北にある若月左衛門尉《わかつきさえもんのじよう》の上屋敷に朝から用があり、まず綾と鹿之助を遊ばせておいて、そこからすぐに用をすませて合流した。

神田山を切《き》り拓《ひら》いて作られた神田川は、その谷間《たにあい》を流れる様子が絵のように美しい。

隅田川から荷船が通行するようになったことで方々に河岸が出来たので、この辺りで清遊する江戸の住人達は多い。

それでも三田からは遠いので、若月家上屋敷へ行きがてらとはいえ、他にも遊山に出易《でやす》いところはいくらでもあるものの、

「おれも小せえ頃は、よくこの辺りに連れて来てもらった……」

竜蔵にとっては、思い出深い場所なのだ。

竜蔵の父・虎蔵は、神田川の岸からほど近い神田相生町《あいおいちよう》に浪宅を構えていた。

藤川弥司郎右衛門の内弟子として、下谷長者町で暮らす前の竜蔵はまだほんの子供で、母・志津と三人で景色を楽しむのが嬉しかったものだ。

綾はそういう夫の思い入れをよくわかっているので、

「どうだ鹿之助、きれいだろ。景勝の地というのはこんなところをさすんだよ。ようく見ておきな」

緑に囲まれた渓谷の美を求めてはしゃぐ、竜蔵と鹿之助の姿が目に心地よく映っていた。

「こうして三人で遊山に出るのはほんに久しぶりでございますね」

綾は連れ立って歩く竜蔵と、これもまた久しぶりである夫婦二人の会話を楽しんだ。

「そういえばそうだったな。去年はやたらと忙しかったからお前や鹿之助にも寂しい想いをさせたかもしれぬ」

子供の頃から利かぬ気であったが、綾にはいつもやさしかった竜蔵はあの頃のままだ。

「綾とここへ来るのは初めてであったかな」

「いえ、子供の頃何度か、二人の父上に連れられて……」

綾の父・森原太兵衛は、竜蔵の父・虎蔵とは同門の誼《よしみ》があり、太兵衛が早くに妻を亡くしたので、虎蔵は綾を気遣い、竜蔵に供をさせて何度かこの河岸を訪れていた。

「そんなこともあったかな」

「ございましたとも」

「どうもがきの頃のことがよく思い出せねえんだなあ。おれも歳《とし》をとって老いぼれたのかねえ」

「わたしとて、ここへ来た思い出の他は、ほとんど忘れてしまっております。何かの拍子にふと思い出す。そのようなものではないでしょうか」

「なるほど」

「旦那様が、わたしにやさしくしてくださったことも、何かの拍子に思い出します。ほほほ……」

「おいおい、そりゃあねえぜ」

顔を見合って笑っていると、鹿之助の姿が見当らない。

「あの馬鹿、うろうろするなと言っているのに、困った奴《やつ》だ」

二人で辺りを見廻《みまわ》すと、やがて木立で視界が遮られた向こうの河岸から、とぼとぼと鹿之助が現れた。

「鹿之助！　勝手に動くな」

竜蔵は叱りつつ、駆け寄って鹿之助の小さな体を抱えあげた。

道場では見せられぬ戯れなので、鹿之助は大はしゃぎするかと思いきや、

「父うえ……」

と、彼はいささか深刻な顔をして竜蔵に何ごとか告げんとした。

「どうした……」

竜蔵は首を傾《かし》げて鹿之助を地上に降ろすと、

「何か恐《こわ》いものでも見たか」

ふっくらとした鹿之助の頬《ほお》を軽く叩いた。

「こわいものなどありません」

鹿之助は怒ったように応えた。

「よし、それでこそ峡鹿之助だ」

少しくらい小癪《こしやく》な方が男は頼もしい。道場では、あまり大っぴらに誉めることも出来ないので、親子だけの折はなるべく鹿之助を誉めてやる竜蔵である。

しかし、鹿之助はというと誉められても別段嬉しそうな顔もせず、

「こわくはなかったのですが、悪い人を見ました」

と、訴えるように言った。

「悪い人？」

竜蔵は綾と顔を見合わせて、

「どんな奴だ」

穏やかに問うと、

「右のほほにきずがある人です」

鹿之助は、細かに〝悪い人〟の特徴を口にした。歳の頃はというと、

「猿三おやぶんくらいの人です」

だそうなので、三十半ばと思われる。

体つきも国分の猿三と同じくらいであるというので、ここに猿三がいれば、

「若、勘弁してくだせえよ」

と嘆くであろうが、猿三と似ているとなれば、体は引き締まり頬の傷と合わせて考えても、油断ならない奴のようだ。

「で、そいつが何かしたのかい？」

「はい。いけない話をしていました」

「それをたまたま聞いちまった。そうなんだな？」

鹿之助はこっくりと頷《うなず》いた。

「いったい、どんな人と、どんないけない話をしていたのです？」

綾が少し苛立《いらだ》ちながら訊《き》いた。

人の話に興味を持つのはよいのだが、鹿之助は以前にも、内弟子の竹中雷太《らいた》と内田《うちだ》

幸之助《こうのすけ》が冗談を言い合っているのを真に受けて、二人が果し合いをすると騒いだこともあった。

近所の長屋で、魚を焼いて立ち上った煙を見て、火事だと叫んだこともあった。

日頃は竜蔵よりもはるかに多く、鹿之助の〝お騒がせ〟に触れている綾にしてみれば、

「また鹿之助の勘違いが始まった……」

ということに過ぎないのである。

「お武家とふたりで、小さなこえで話していたのです。それでもわたしには聞こえました」

眉《まゆ》をひそめる綾に対して、鹿之助はしっかりと応えた。

「木の陰に隠れて聞いたのですか。そういうのは盗み聞きといって、いけないことなのですよ」

綾はこの話を早く終らせてしまいたかった。

竜蔵がこれに反応して話を大きくすると、せっかくの親子の団欒《だんらん》が台無しになってしまうからだ。

「まあそう言うな……。鹿之助の話をじっくり聞いてやろうではないか」

綾の嫌な予感は的中した。既に竜蔵は、鹿之助の話に興をそそられていた。

「で、頬に傷のある男は、その武家に何と言ったんだ」

そして、鹿之助に訊ねる顔は、真剣そのものである。

「だんなの刀で、ひと思いに、ぶすっと、やっておくんなさいまし……」

鹿之助は、言葉をひとつひとつ思い出しながら繋《つな》ぎ合《あ》わせた。

「そいつは穏やかじゃあねえな」

竜蔵の顔に緊張がはしった。

「確かにそう言ったのですか？」

綾の眉間《みけん》の皺《しわ》が深くなった。

「はい。はっきりと聞こえました」

「それからどうした？」

竜蔵は何か言おうとする綾の先を制して、鹿之助に問うた。

「それが……」

鹿之助が言うには、そこまでの話は聞こえたのだが、それ以降は何を喋《しゃべ》っているか聞き取れぬままに、二人はひそひそと話しながら遠くへ行ってしまったらしい。

だがその折の、頬に傷のある男の不気味な表情と、卑しげな笑い声ははっきりと耳に残っている。話していた武士もいかにも強そうであったようだ。

「よし、その野郎を探してみよう」

ついに竜蔵は、綾が頭に描く最悪の筋書きに足を踏み入れた。

鹿之助は誇らしげに綾をちらりと見ると、父と共に河岸へと歩き出した。

「もし、これから捕物を始めると言うのですか？」

綾は怒ったように言ったが、

「親子の三人連れなら相手も油断するから、捜し易いってもんだ」

竜蔵は、当然のごとく綾も追跡に付合うものと、まるで疑わずに歩き出す。

綾とて一通りの武芸を身につけている。そんじょそこいらの女とは違うが、

——親子水入らずで遊山に来たというのに、何を始めるというのでしょうねえ。

鹿之助が、このまま物好きな父親そっくりになったらどうしようかと、綾は胸に不満を抱えつつ、夫と子供の跡を追ったのであるが、

「父うえ、もうどこにも見あたりません……」

半刻《はんとき》（約一時間）ほど歩いた後、鹿之助は悔しそうに言った。

頬に傷のある男と武士は、何者かを血祭にあげんとして、どこかへ消えたのであろうか。

「船に乗って行っちまったのかもしれねえな」

ややこしいのが消えてしまってほっとする綾は、まだ六つの鹿之助相手に、真剣になって怪しい奴の正体を確かめんとしている竜蔵を眺めながら、

――この人の頭の中はいったいどうなっているのでしょう。

呆《あき》れて言葉も出なかったのである。

三

その日は、それから方々景色を見て歩き、茶屋で草団子など食べ、湯島天神、神田明神などを参り、親子三人は、久しぶりの休日を共に過ごした。しかし竜蔵、鹿之助父子《おやこ》はどうもそわそわとしていた。

もう新年も松の内を過ぎ、世間はすっかりと落ち着いているというのに、何かしでかすのではないかと、綾もまた落ち着かなくなった。

竜蔵と鹿之助のうわついた様子は翌日になっても変わらなかったので、

「もしや、網結の親分か猿三親分に、何か頼もうとお思いなのでは？」

綾は先手を打って、竜蔵に釘《くぎ》をさした。

何かと勘違いが多い、六歳の子供が見かけたことで、いちいち大の大人を動かすの

は申し訳がなかった。

ただでさえ、物好きでお節介で、何かというと二人を巻き込んで大騒ぎをする峡竜蔵である。

それに加えて、息子の好奇を充《み》たすためにこき使うのは真《まこと》にもって気の毒だ。

頼まれれば、正義を重んじ竜蔵に心酔している両親分であるから、

「若、そいつはちと気になりますねえ」

とばかりに、神田川一帯を探索するのは目に見えている。それだけに綾は余計に気になるのである。

「ははは、案ずるな。子供が言うことを真に受けて、親分達を動かすほど、おれも無茶はしねえよ」

竜蔵は、綾の懸念を一笑に付した。

「昨日は、鹿之助の顔を立てて方々歩いたが、あれもまあ遊山のひとつだよ」

「それならばよろしゅうございますが……」

「昨日ひとつ思ったのは、もう少し鹿之助と向き合う時を拵《こしら》えねばならぬということだ。しばらく奴を連れて、方々道場巡りをするのもよいな」

「それはまあ、色々世間を見せるのは大事なことだとは思いますが」

「うむ、そうであろう。幸いにもしばらくは用が立て込んでいるわけでもない。鹿之助としっかり話もできるだろうよ」

竜蔵はしかつめらしい顔で言った。

綾もこう言われては、納得するしかない。

ここまで言うからには、とにかく網結の半次と国分の猿三の手を煩わすことはないだろう。

――わたしも、あれこれと考え過ぎのようですね。

竜蔵が暴れ出すのは仕方がないと諦《あきら》められても、鹿之助が絡んでくると、母親の情が湧《わ》き立ってくる。それゆえつい心配ばかりが募《つの》る自分に、綾は苦笑いを禁じえなかったのである。

竜蔵は、言葉通りに鹿之助を連れて、翌日から方々道場を巡った。

何やらまだ胸に小さな支《つか》えが残るものの、鹿之助が日中いないと、綾も久しぶりに自分のために時を費やすことが出来た。書見をしたり、竜蔵、鹿之助の着物を縫ったりするうちに、

――時には鹿之助を連れ出してくださるのも悪くはありませんね。

などと思い始めていた。

内弟子の竹中雷太、内田幸之助も、綾にゆとりが出来れば、その分自分達の雑用も減って、稽古に励んでいられるというものだ。

綾にしても、その様子に触れるのは心地がよい。

門人達は、竜蔵がいないと物足らないところもあるが、それはそれで師範代・神森新吾の下で、伸び伸びと稽古に励んだので、竜蔵の鹿之助を連れての道場行脚《あんぎや》を、皆一様に頬笑ましく見ていた。

ただ、竹中庄太夫だけは長年の勘で、

――先生は、鹿之助殿と二人で、何かおもしろい遊びを見つけたのかもしれぬな。

と思っていた。

そしてそれは、見事に的を射ていたのである。


「鹿之助、見当らぬか」

「はい。もうここへはこないのでしょうか」

峡竜蔵は、鹿之助と道場巡りなどしていなかった。

形だけ挨拶《あいさつ》に顔を見せた後、神田川沿いを歩き、件《くだん》の頬に傷のある男と、強そうな武士の姿を求めていたのである。

確かに子供が見かけた二人の男のひそひそ話である。

それを真に受けて、怪しい者を捜《さが》し廻《まわ》るというのは酔狂が過ぎる。

しかし、子供の言うことだと切り捨ててしまってよいのであろうか。

もちろん鹿之助の聞き違えであったかもしれないし、頰に傷のある男が、

「旦那の刀で、ひと思いにぶすっとやっておくんなさいまし」

と言ったからとて、それが必ずしも殺しの依頼でもなかろう。

用心棒に対して、

「話がこじれて、相手の野郎が四の五のぬかしやがったら、そん時は……」

という前ふりがあったのかもしれない。

綾などは、それを〝言葉のあや〟と捉《とら》えていて、

「そんなことにいちいち構っていたら、きりがありません！」

と、考えているのであろう。

「野郎、切り刻んで鱶《ふか》の餌《えさ》にしてやるぜ」

「手前、頭をかち割ってやろうか」

「腕の一本もへし折ってやりてえぜ」

「あんな野郎、二人並べて串刺《くしざ》しにしてやる」

竜蔵とて、こんな言葉を日常並べているではないか。

確かにその通りだ。

まともな大人なら、こんな時は何と言って息子を宥めるのであろう。

「よしわかった。そんな怪しい奴がこの辺りにいると、知り合いの御用聞きの親分の耳に入れておこう。お前はまだ子供だから、力では大人に敵《かな》わない。危ないところへは一人で近付いたらいけないよ。わかったね」

などと窘《たしな》めてから、

「だが、じっとして相手に気付かれずにやり過ごしてから、きちんと大人に伝えたのはよかったよ。お前はかしこい子だね」

とでも言って誉めてやるのであろうか。

それがきっと正しい答なのであろう。

下手をすれば父子共々危ない目に遭うかもしれないというのに、怪しい奴らを二人で探索するなどあまりにも馬鹿げている。

――だがおれは、剣俠《けんきよう》に生きる男で、鹿之助はその子供なのだ。こういう機会に、剣俠という意味が何なのか、心と体に叩き込んでやりたい。

竜蔵はそう思うのだ。

子供は子供なりに、怪しい男二人に悪を覚えて、正義を尊ぶゆえにそれを訴えたのである。その想いを大人のずる賢さで、うやむやにしてしまってよいものではない。

父子で考えることであるから、網結の半次や国分の猿三という、その道の玄人《くろうと》に頼んですませてはならない。

綾が心配する、半次、猿三の手を煩わせるような真似《まね》は、元より考えていなかった。

「子供の言うことだから……」

と、大人達が片付けてしまうならば、せめて父親の自分だけは、とことん信じて付合ってやろうと竜蔵は心に決めたのだ。

「父うえ、きっとみつけてみせます」

二人の男の姿を求めながら、鹿之助はいつになく神妙な面持ちで何度も言った。

自分が言ったことで、父・竜蔵が道場を放《ほう》り出《だ》して付合ってくれるので、鹿之助なりに責任を感じているのだろう。

そして、そんな気持ちになるのが、男として生きていく第一歩なのではないかと竜蔵は思っている。

鹿之助の話を聞いていると、件の二人はたまたまこの神田川の河岸で出会ったわけでもなかろう。

男はこの辺りを縄張りにしているやくざ者で、やって来た武士とは何らかの繋がりがあって、頼みごとをしたのではなかろうか。

そうなると、頬に傷のある男は、ほどなく見つかるに違いない。

見つかれば、また二人でそっと跡をつけ、こ奴がよからぬことに手を染める姿を目撃すれば、その時にこそ竜蔵の剣を揮《ふる》えばよい。

鹿之助の正義も日の目を見るというものだ。

また、それが頬に傷のある男の会話の中で生じた〝言葉のあや〟であったとしても、恐ろしい殺人が行われなかったと、見届ける意義がある。

いつか大人になって、こんな馬鹿馬鹿しい探索を父子で続けたことなどすっかり忘れてしまってもいいのだ。父と正義のために歩いた一時が、鹿之助の心と体の中にひとかけらでも残れば、それは美しい光を放つ宝石となろう。

「鹿之助……」

「はい」

「そういえばこのところ、お前と二人だけであれこれ話した覚えがなかった」

「そういえば……」

「お前が先だって、手習い所で、頭にくる奴を心張り棒で叩き伏せた話だが」

「はい」

「母親は叱るのが仕事だ。母の言うことはよく聞いておくがよい」

「わかりましたが、父うえがもうされたことはまちがっているのですか」

「いや、父の言ったことももまた正しい」

「むつかしゅうございます」

「お前は乱暴な奴にひとつくらわせてやった。それは、のさばらせておけば、誰か他の子供を苛めるかもしれぬ、そう思ったからだな」

「はい」

「それなら、ただ気に入らねえからぶちのめしてやったのとは訳が違う。そこにお前の正義と男気があるから、それでいいのさ」

「正義と男気、ですか」

鹿之助は、よくわからないといった顔を向けたが、

「弱い者を守ってやろう。その気持ちを持っているのだろう」

「はい。もっています」

「それならいいんだよ」

父と子は、こんな話をしながら尚《なお》も神田川の河岸を巡り歩いた。

「お父上様とお二人で、ほんによろしゅうございますねえ」

道を行くと、幼い鹿之助といかにも強そうな竜蔵の二人連れは、頬笑ましく映るのであろう。方々でこんな声がかかった。

鹿之助は、いちいちそれににこやかに応える。

「いいか鹿之助、男ってえのは愛敬《あいきよう》が大事だぞ。こいつを欠かさなきゃあ、少々いけねえことをしても、皆大目に見てくれるのさ」

これも、日頃の竜蔵訓のひとつであった。

父の教えを守りながらも、誰が見ても父と子が遊山に来ている風に見えるのが鹿之助には心地がよいのか、

「父うえ、これで人にあやしまれたりはしませんね」

竜蔵を得意げに見上げて言う。

「ふふふ、お前も一人前の口を利くねえ」

道行く人にあどけない笑みを振りまきつつ、これで探索がし易くなったとほくそ笑んでいるとは、随分と小癪ではないか。

自分は鹿之助の歳に、これほどしっかりしていたであろうかと、竜蔵は首を傾げていたのである。

四

綾は、父子の道場巡りについては、初めから怪しいものだと踏んでいたが、竜蔵と共に数日を過ごしてからは、明らかに鹿之助の態度がきびきびとして、

「母うえ！」

という声にも元気が増した。

その上に、母の手伝いをしようとしたり、綾を気遣うようになったので、どこで何をしているかは知れたものではないが、

「鹿之助にあれこれと、心得を説かれたのですか」

と、訊ねずにはいられなかった。

竜蔵はたちまち相好を崩して、

「これといって何も説いておらぬが、おっかねえ親父《おやじ》とつるんでいると、母親のありがたみがつくづくとわかるんだろうよ」

などとうそぶいたものだが、綾にしてみれば、楽をして鹿之助の行儀がよくなればいうことはない。

「さすがは旦那様ですねえ」

と、おだてておいた。

綾に称《たた》えられると、竜蔵は真に気分がよい。

それと共に、ひたすら子供の言うことを信じて、とことん付合ってやるのが何より の子育てであると確信出来て、真にしてやったりの想いであった。

しかし、神田川沿いを何度も探索したが、頬に傷のある男は姿を見せなかった。

「旦那の刀で、ひと思いにぶすっとやっておくんなさいまし……」

竜蔵の脳裏に、鹿之助が見たという男の不気味な顔が浮かんでは消える。

――いってえどんな野郎なんだ。

竜蔵は想像を巡らせてみる。

幼い子供というのは、大人に見えない物が見えたりする不思議な能力があると誰かが言っていた。

そこには誰もいないのに、その方を見てにこにこ笑ってみたり、何か叫んでみたりする子供の姿をよく目にするが、それこそその能力を発揮している瞬間なのだというのだ。

それも、物心がついてあれこれ言葉で言い表わせるようになると消えていくから、その頃に見聞きした不思議な物の記憶は、断片だけが薄《うつす》らと残るに止《とど》まる。

誰もが子供の時は霊魂や狐狸妖怪《こりようかい》の類《たぐい》を、見ていたのかもしれない。

そういう感性をまだ残している鹿之助は、頬に傷のある男に、堪《たま》らなく嫌な気配を覚えたのであろう。

そんなことを考えていると、竜蔵は何とも言い難い、不思議な感覚に襲われた。

自分も大昔に、今の鹿之助と同じような想いをしたことがあったような気がしてきたのである。

その時も、確か神田川沿いの道を歩いていて、父・虎蔵に何かを訴えて――。

今回と同じ様子だったと思うのだが、はっきり思い出せない。

しかし確かにそのようなことがあった。それは明らかだ。

そして結局、虎蔵はどこかで大暴れしたのではなかったか。

とすれば、竜蔵も幼い頃にこの神田川の河岸で、何らかの悪事を目撃して、父に告げたものと思われる。

父に連れてきてもらった神田川の河岸へ、自分の子供を連れてきて、あの日の自分と同じように、鹿之助もまた悪事を目撃して父親に告げる――。

そうであるとすれば、何たる因縁であろうか。

竜蔵は、何やら心が騒いできた。

近頃は、若月家上屋敷への出稽古で、神田川の河岸に出かけることも増えたが、通り過ぎるばかりで、今度のようにゆっくり遊山気分で歩いたりはしなかった。

それでもよく考えてみれば、荷船が行き通う河岸である。そこには何かしら危険で甘美な匂《にお》いとて漂っているはずだ。おまけに、景勝を愛《め》でに、川の岸へは多くの遊客が集まる。

裏の取引なども行われていて、そのいざこざが血で血を洗う騒動に発展する時とてあるのかもしれない。

そんな場に、たまたま遊山に来ていた子供が出くわす。

その辺りの子供とは違って、生まれた時から武芸に馴染《なじ》み、悪戯《いたずら》好きで向こう見ず、強い父が付いているという安心を背に、少々危ないところにでも臆せず行くから、見てはいけない、聞いてはいけないことまで知ってしまう。

悪党の方も、子供が一人ちょろちょろとしていても、さのみ気にはならないから、つい油断して悪巧みを話してしまう。

型破りで、妻子を顧みない虎蔵であったが、竜蔵以上の剣俠の人であったから、竜蔵から話を聞いて、悪党共を相手に大暴れしたのに違いない。

しかし、それが何であったか思い出せない。

峡虎蔵が大暴れするのは、日常茶飯事であったから、いずれの時であったか定かでないのだ。

「よし、鹿之助、今日は本所へ足を伸ばして婆《ばあ》様に顔を見せてさしあげよう」

あれこれ考えると気になって仕方がなくなり、竜蔵はその日の探索を切り上げて、母・志津に会いに行くことにした。

こうなれば、物覚えのよい志津に訊いて、あれはいったいどんな騒ぎであったかをはっきりとさせたかったのだ。

「今日、見つからなくてさぞ無念であろうが、こうなったら焦ることはない。あまり根をつめると、母上に見つかってしまうからな」

竜蔵は鹿之助を宥めたが、

「くやしゅうございます……」

鹿之助は思った以上に悔しがっていた。

本所出村町の、かつて竜蔵の祖父・中原大樹が開いていた私塾は、大樹の死後、その門人であった左右田平三郎《そうだへいざぶろう》が継いでいた。

平三郎は、竹中庄太夫の娘・緑《みどり》と夫婦《ふうふ》となって、この学問所に暮らし、緑はここで時折算学を教えている。

志津は今まで通り、学問所奥の一間に暮らし、大樹が残した書物の編纂《へんさん》や写本に時を過ごしていた。

そして老いをまったく覚えさせぬほどに元気でしっかりとしている。

「これはよう参られましたね」

学問所には左右田平三郎、緑夫婦。同じ敷地内には、竜蔵の剣友・桑野益五郎が道場を構えていて、皆一様に彼女を敬愛しているから、まったく孤独を感じぬ志津であるが、

「鹿之助殿、随分と大きゅうなりましたな」

孫のおとないは格別なようで、うっとりとして目を細めた。

竜蔵は鹿之助と共に、一通りの挨拶をすませてから、あれこれと近況を物語ると、

「鹿之助、せっかく来たのだ。桑野先生に稽古をつけていただくがよい」

鹿之助を桑野道場に連れていった。

稽古場には先日竜蔵の肝煎《きもいり》で入門した、安藤萬之助がいて、竜蔵の姿を見るや大喜びして一手指南を願ったが、

「すまぬ、生憎《あいにく》ちと母に用が残っていてな。借りにしておいてくれ」

竜蔵は一時、鹿之助を預けて再び志津の許へと戻った。

「何をそわそわとしているのです」

志津はニヤリと笑った。

竜蔵が自分に何かを訊きたいものの、鹿之助の手前それもならず、話していてもまるで落ち着きがないのを、目で見てわかっていたのである。

「やはり母上の目は欺《あざむ》けませぬな」

「誰が見てもわかりますよ」

「これは面目ございませぬ」

「ふふふ……」

四十を過ぎて、すっかり大人物になった息子であるが、少しやり込めるのは実に心地がよかった。何かを自分に訊きに来たというのも興がそそられる。

「実は、ふと思い出したことがありまして、それがまたしっかりと思い出せずに、どうも苛々といたします」

竜蔵は、自分が幼ない頃、神田川の岸へ遊山に出た時に、そこで何か騒ぎが起こらなかったかと、志津に問うた。

「神田川の岸……。そういえば何度も行きましたねえ。あの頃は神田に住んでいて、家《うち》からすぐ近くに神田川が流れていましたから……」

志津は感慨を込めた。虎蔵、竜蔵との三人での団欒は、思えば神田川の岸を歩いた時くらいしかなかったのだ。

「その折に、騒ぎといえば……。河岸にたむろしていた若い衆が、通りかかる人達にいちいち絡むので、貴方《あなた》のお父上が気に入らぬと、三人ばかり川へ投げ込んだことがありました」

「それではないと思います」

「船頭衆が喧嘩を始めたので、それへ割って入って、そのまま手打ちになって、わたしと貴方を置いたまま船頭衆と飲みに出かけた……」

「それでもないと思います」

「好い仲になった芸者に見つかって、どうして顔を見せてくれないのだと詰《なじ》られて、その場から逃げ出したこともありましたよ。まったくあの人ときたら……」

峡虎蔵に騒ぎは付き物であった。これではきりがない。

「いえ、わたしに絡むことで、何かござりませなんだか」

竜蔵は苦笑いを浮かべて訊き直した。

「はて、貴方が絡んだこと？」

志津は小首を傾げたが、そこは記憶に勝れた才女である。

「おお、そういえば、貴方が悪い奴らを見かけたと言って、虎蔵殿が〝その野郎はどこのどいつだ〟などと話に絡んで、それからその跡を追って……」

「それです！　きっとそれに違いございませぬ！」

竜蔵は身を乗り出した。

「それで、父上は大暴れしたのではござりませなんだか」

「はい……。まったく困ったお人でした」

志津は、思い出を辿《たど》って少し顔をしかめてみせた。

その表情には虎蔵を偲《しの》ぶ女の色香が、ほんのりと漂っていた。

五

それから、峡竜蔵は再び息子の鹿之助を連れて、神田川の岸を探索した。

母・志津によって、やはり自分も父母から離れて遊んでいた時に、女を無理矢理連れ去ろうとするやくざ者を見かけて、これを父・虎蔵に注進したことが明らかになった。

――そうだ、おれは子供心に何と酷い奴だ。こいつは親父にぶちのめしてもらおうと思って言いつけたんだ。

虎蔵はやさしい男であったが、我が子には照れくささと、〝獅子《しし》は千仞《せんじん》の谷に子を投げ込む〟という想いからか、いつも皮肉な物言いをして竜蔵を突き放したものだ。

それでも、我が子のためならいつ命を落しても惜しくはないという、情と気構えを持っていた。

自分が標榜《ひょうぼう》する〝剣俠〟の精神を息子が見せたとなれば、それを素直に喜び、

「よし、竜蔵、お前は偉《えれ》えぞ。〝義を見てせざるは勇無きなり〟だ、ついて来い！」

とばかりにそ奴を見つけて跡を追った。

十にもならぬ子供に、

「ついて来い！」

もないものだが、その瞬間に竜蔵は〝俠《きょう》〟なるものが何なのかを肌でわかったような気がする。

「よし、今やっちまうよりも、奴がどこへ連れ去るか見届けて、そこへ殴り込みをかけてやろうじゃあねえか。竜蔵、ぬかるんじゃあねえぞ！」

虎蔵は、役に立つはずもない竜蔵を、どこまでも仲間として扱った。

「何を馬鹿なことをしているのです。そんなことは、町役に任せておけばどうなんで

す？」

　志津は呆れ顔で言ったが、

「何言ってやがんでえ、そんな悠長なことを言ってられるか」

　一刻を争うのだと、虎蔵はその奴の跡をつけたのであるが、内心は今の竜蔵と同じで、まだ幼子の言うことで間違いがあると、周りに迷惑がかかると思ったのであろう。

　志津もこの辺りは慣れたもので、他人のふりをしつつ、その跡からついてきた。

　どうせ騒ぎにはなるだろうが、余りにもそれが大きくなれば、色々と手を打たねばならないし、何といっても幼ない竜蔵を連れてその場を離れねばならないのだ。

　結局、それは実に虎蔵らしい大暴れによって決着するのだが、今その話は鹿之助にはしないでおくことにした。

　あの時の一件と今回の一件とが繫がっているとも思えなかったし、鹿之助がもっと大きくなってから話そうと思ったのである。

　ともあれ、竜蔵はいつしか遠い記憶となり、すっかり忘れていた虎蔵との一時を思い出して心の靄《もや》がすっかりと晴れた。

　そうなると、あの時の自分と同じ想いを息子にさせてやりたくなる。

　自分が見つけた悪人の跡をそっと追った時の緊張と興奮、強い父をまのあたりにした感動。

思いもよらぬ父の自分への気遣い。

鹿之助は今日こうして父と連れ立って歩いていることをやがて忘れてしまうだろうが、自分が思い出したように、大人になり人の親となった後に、また突如として記憶が蘇《よみが》えることもあろう。

となれば、何としても頬に傷のある男を見つけ出し、こ奴がどれほどの悪党であるかを突き止めずにはいられなかった。

峡家の男としては、必ず一度乗り切らねばならぬ行事のように思えてきたのだ。

探索を始めて五日目に、鹿之助はついに目当ての男を見つけた。

「父うえ、あの人です」

水道橋《すいどうばし》の袂《たもと》で鹿之助がじっと見つめた男の頬にはしっかりと傷が刻まれていた。

数々の修羅場を潜《くぐ》り抜《ぬ》けてきた竜蔵であるが、今日は特に気が逸《はや》った。

「奴に違いないな」

「はい」

「よし、鹿之助、ついて来い」

「はい!」

竜蔵は、鹿之助を連れて、いかにも子供をあやすようなふりをして、頬に傷のある男に近寄った。

今日の男は、固太りの三十絡みの町の男と一緒であった。

「芳太郎《よしたろう》さん、本気にしていいのかい？」

固太りの声が聞こえた。

早速、頬に傷のある男の名がわかった。芳太郎というようだ。

芳太郎は、固太りを神田川岸の松並木の方へと連れていった。

「これ鹿之助……」

竜蔵は鹿之助を駆けさせ、それを追いかける父親の体《てい》で、松並木へ先乗りして、大樹の陰で様子を窺《うかが》った。

「鹿之助、そっと近寄って聞き耳を立てて来い」

「はい」

「奴らが少しでもお前に近付いてきたら逃げろ。いいな」

「はい」

鹿之助は巧みに芳太郎がいる方に近付く。

――ほう、なかなかやる。

竜蔵は、木の陰を伝って忍び寄る鹿之助の姿を満足そうに眺めた。

――だが、あいつ日頃、悪戯ばかりしているんじゃあねえだろうな。

同時に心配にもなった。それほどに、鹿之助の忍び足は堂に入っていたのだ。

芳太郎は、固太りとあれこれ話すと歩き出した。その時浮かべた卑しげな笑みは、竜蔵にも見て取れた。

――あの野郎は間違いなく悪党だぜ。

竜蔵は不快を覚えて顔をしかめた。

子供の頃に見た〝悪い奴〟が放っていた、何ともいえぬ嫌な風情と、同じものを芳太郎に覚えたのである。

すぐに鹿之助が竜蔵の許に駆け戻って来た。そのきめ細かな顔の肌色は、興奮に紅潮している。

「どんな話をしていた？」

竜蔵は、固太りと肩を並べて歩き出した芳太郎の姿を目で追いながら問うた。

「はい。〝だんなの、じまんのアイクチで、切りきざんでやっておくんなさい〟そう言っていました」

鹿之助は、一言も聞き逃すまいと気合を入れたのであろう。物言いもしっかりとしている。

「何だと？　また殺しの話か。先だっては武士で、今度は町の遊び人らしき男……。

芳太郎はいってえ何者なんだ」

竜蔵は腕組みをしてから、

「鹿之助、ぬかるんじゃあねえぞ」

かつて父・虎蔵が自分に投げかけた言葉そのままに、鹿之助を促して芳太郎の跡を密《ひそ》かにつけた。

「奴らの立廻《たちまわ》り先を見届けて、そこへ踏み込んでやろうじゃねえか」

囁《ささや》く竜蔵に、鹿之助は力強く頷いた。

芳太郎は、殺しを請け負っている男で、その都度、腕の立つ浪人者や、残忍な町の殺し屋を調達して、何人も闇《やみ》に葬っているのであろうか。

そう考えると、先だって鹿之助が見た浪人は既にどこかで誰かを斬《き》っているのかもしれない。

悪人同士の殺し合いに構うつもりはない。

いくらでも勝手に殺し合えばよいのだ。

だが、罪なき者を金のために殺してしまおうというのなら許せない。

「鹿之助、危ねえことになったら、さっさと自身番を見つけに走れ。わかったな」

「はい」

緊張は続いた。

芳太郎は、東竹町《ひがしたけちょう》の細い通りから湯島六丁目へと出て、前田《まえだ》家上屋敷に続く道を北上すると、武家屋敷と寺が連なる通りを経て、根津《ねづ》権現《ごんげん》の裏手へと出た。

この辺りは曙《あけぼの》の里《さと》と呼ばれる盛り場になっていて、洒落《しゃれ》た料理屋や茶屋などが多い。どこかの鄙《ひな》びた料理茶屋などで、よからぬ談合が行われているのかもしれない。

やがて芳太郎は、固太りを伴って、大きな構えの水茶屋の床几《しょうぎ》に腰を下ろした。

竜蔵は、少し大胆ではあるが、芳太郎の近くの床几に鹿之助と並んで腰を下ろした。

「富三《とみぞう》さん、もうすぐここへ来ますから。まあ、じっくりと見てやっておくんなさい」

芳太郎が囁く声が聞こえた。

遊び人風の固太りは富三というようだ。

「そうさせてもらおうか」

富三は、いささか張り詰めた声で応えた。

「だが芳太郎さん。気に入らなかったら、今度のことはよしにさせてもらうよ」

「まあそう言いなさんな。見ればすぐにでも匕首《あいくち》を抜きたくなりますよう」

芳太郎は不敵に笑った。

それにしても、遊客で賑《にぎ》わう茶屋にいて、このような物騒な話をよく平気で出来るものだ。

いや、物騒な話であるからこそ、賑やかなところで声高《こわだか》にする方が安心なのかもしれない。

それとも淡々と語れるほどに、芳太郎にとっては殺しの依頼など遊びのようなものなのか。

「父うえ、どうするつもりなのでしょう」

鹿之助は真に早成である。悪人の段取りがどう発展するのかが、気になるらしい。

「まず、やる相手の面体《めんてい》を検《あらた》めるんだろうな……」

竜蔵はまた鹿之助の耳許《みみもと》に囁いた。

「めんていを、あらためる……」

「相手が、どんな顔で、どんな体付きかを予《あらかじ》め見ておくのさ」

「そういうことですか……」

鹿之助は首を竦《すく》めた。

富三が、芳太郎から依頼を受けた殺しの的は、よくこの辺りを通るのであろう。

まず面体を頭に叩き込み、その後、いかなる手段でか近付き、匕首でぶすりとやる。

いったいどんな相手が通り過ぎるのか。竜蔵と鹿之助はそわそわとしてきた。

だが、同時に竜蔵は何やら異和感を覚えてきた。

今まで色んな悪党を見てきたが、これほどに殺気が漂わぬ二人も珍しい。

殺気をすっかりと消し去っているとしたら余ほどの凄腕《すごうで》で、恐ろしいほどの修羅場を生きている者であろう。

それにしても不用心過ぎないか――。

あの日の父・虎蔵との追跡には結局、馬鹿馬鹿しい結末が待っていた。

当時は詳しく知る由もなかったのであるが、志津に訊ねて明らかになったのは、父子での大きな勘違いであった。

――まさかこの度も、同じようなことになるのであろうか。

むしろそうであった方がよいのであろうが、それではどうもしまらない。

竜蔵の頭の中では、自分の正義の行いに虎蔵が喜んで、女を無理矢理連れ去ろうとした悪党相手に大暴れしたとなっていたが、実際にはそうではなかったのだ。

あの日。

虎蔵と志津と逸《はぐ》れた竜蔵は、いかにも人相の悪い男が一人の女の前に立ちはだかり、

「おう、お前ももう観念したらどうでえ、下手なことをすりゃあ、二度と日の目を見れねえようにしてやるからそう思いな」

と、凄《すご》んでいるのを見かけた。

女はいかにも怯《おび》えた顔をしていた。竜蔵の目からも、脅されて恐怖に声も出ないという風に見えた。

「四の五の言わずについて来な。まったく手を焼かせやがって……」

男は女の腕を乱暴に摑《つか》むと、せき立てるようにして歩き出した。

竜蔵の目には、それがかどわかしに映った。

幼い子供にとっては当然のことであった。

——このままでは、あの人はひどい目にあわされる。

そう思ったゆえに、逸れた自分を、

「おう、竜蔵！　手前はうろうろするんじゃあねえや！」

怒りながら迎えに来た虎蔵に一部始終を打ち明けた。

「何だと、その野郎はどけえ行きやがった」

竜蔵は、男が女を連れて道行く姿を見逃がしていなかった。

「あれです……」

件の男が女をせき立てて行く方に向かって指をさし示した。

虎蔵は抜き足で近寄ると、

「早く歩かねえか！」

男が女に凄んだのを認めた。

「とんでもねえ野郎だな。見ただけでむかっ腹《ぱら》が立つぜ」

虎蔵はたちまち怒り出した。

彼の目にも、男はとんでもない悪人に映って、そういえば近頃、女に因縁をつけてかどわかす奴らがいたはずだと想像を巡らせて、これを追跡したのだ。

やがて、この男は女を連れて、一軒の仕舞屋《しもたや》の前に立ち止った。

「あすこが、悪党共の巣だな……」

虎蔵はこれを隣家の塀の陰から窺い見ていきり立った。

男と女の前に、仕舞屋の奥からさらに一人の男が現れた。

男は鬼瓦《おにがわら》のような顔をした、人相風体の怪しい破落戸《ごろつき》で、男と女と二言三言言葉を交わすと、いきなり女の頰を平手打ちにして、

「うだうだ言っていやがるんじゃあねえや。早く入りやがれ」

と、女を仕舞屋へと引き入れようとした。

その途端、

「竜蔵、お前はここを動くんじゃあねえぞ。わかったな！」

虎蔵は、竜蔵に有無を言わさぬ口調で言いつけると、肩を怒らせて仕舞屋へと迫り、

「手前ら、女をかどわかしてどうしようってえんだ！」

と、一喝するや、鬼瓦を蹴《け》りとばした。

「な、何をしやがるんでえ……」

女を連れてきた男は、突然のことに目を丸くして凄んだが、その言葉が終らぬうちに、顔面に虎蔵の鉄拳《てっけん》をくらって、地を這《は》っていた。

虎蔵は呆然《ぼうぜん》と佇《たたず》む女に、

「さあ、逃げるがいい！」

と叫んで、さらなる敵を待ち受けた。

「三一《さんぴん》！　何しやがるんでえ」

仕舞屋からは、腕自慢の勇み肌が三人ほど出て来て、各々得物を手に虎蔵に襲いかかったが、無論この三人は、虎蔵に殴られ、蹴られ、投げられて地面に転がった。

――なんて強いんだろう。

喧嘩を眺めていた竜蔵は、大いに感じ入った。

酒、女、喧嘩……。破天荒で放浪癖のある父親に、竜蔵は日頃から子供心に腹が立っていたのだが、この日は遊山に連れていってくれた上に、自分の注進を聞いてくれた。そしてこの暴れっぷりである。

この日ばかりは、父親を誇らしく思ったものだ。

しかし、志津に訊ねて思い出したのは、ここまでの記憶であった。

虎蔵は、見事にかどわかされた哀れな女を救《たす》け、悪者共を懲らしめた——。

そのように思い込んでいたが、

「あの人らしいのはここからですよ」

と、志津が笑いながら話すには、

「旦那、ひでえや、おれ達に何の恨みがあるってえんですよう……」

鬼瓦がやっとのことで起き上がり、まず泣き言を並べたという。

「馬鹿野郎、恨みも何も、お前らがあの女子をだなあ……」

ふと見ると、〝あの女子〟は、傍らに呆然として突っ立っている。

「うむ？　逃げろと言ったじゃあねえか……」

ふと我に返った。

「いえ、あの、わたしは……」

女は困惑の表情で口ごもった。

「ふざけるなよ……。客を取ってくれと言ったのはお前じゃあねえか」

鬼瓦が女を詰った。

「何だと？」

虎蔵は、ぽかんとして女を見た。女は決まり悪そうに頷いてみせた。

「旦那はこの女がどういう奴か知らねえんですかい」

「知らねえ。ただお前みてえな悪党に頬を張られて、かわいそうな女だと」

「あっしだって無闇に女の面ァ、はたきたくはありませんや」

鬼瓦が言うには、この女は湯島の酌婦で、あろうことか博奕場《ばくちば》に出入りして借金を重ねたあげく、この鬼瓦の親分に、

「こうなったら、あたしもいよいよ旦那取りでも何でもしますよ」

まず見初《みそ》めの場と、好い旦那を世話してくれないか。しっかりと礼はするからと泣きついたのである。

「この女が手を合せて頼むから、あっしも用意してやったのに、刻限になっても来やがらねえ。こっちの面目は丸つぶれじゃあねえですか」

鬼瓦は女を睨《にら》みながら言った。

「そりゃあそうだな……」

元来人の好い虎蔵は深く頷いて、

「お前、そいつはいけねえよ。それでここへ連れて来られたってわけなんだな」

女に説教をした。

その時、ここまで女を連れて来た男が、やっとのことで息を吹き返した。

虎蔵は、それを助け起こして、

「お前も大変だったね」

と、労《ねぎら》った。

――おれを大変な目に遭わせたのはお前じゃあねえか。

男はさぞかしそう思っただろうが、天狗《てんぐ》のようにいきなり現れて、あっという間に乾分《こぶん》達を叩き伏せた虎蔵に、今度は一転してやさしい目差しを向けられて、

「へ、へい。辛《つれ》え渡世でござえやす……」

しどろもどろに応えたものだ。

そこへ、別なる女の笑い声が響いた。

虎蔵、竜蔵父子の後から、そっとついて来た志津がこの様子を見て呆れたのだ。

「竜蔵、参りましょう」

何のことやらわからず、きょとんとする幼ない竜蔵を促して、志津はその場から逃げるように立ち去ったのである。

それから三十数年が経《た》ち、竜蔵もまた鹿之助を従えて、同じように〝悪人退治〟の時を待っているのだが、

――もしかすると、おれもあの時の親父と同じ道を辿っているのかもしれねえな。

胸騒ぎがどんどん大きくなってきた。

それと共に、今まで漂っていた緊張が解けていった。

「富三さん、あれですよ」

やがて芳太郎が、面体を検めるべき相手の到来を告げた。

その相手の面体を見た時、

「ははは、やっぱりそうかい……」

竜蔵は、馬鹿馬鹿しくなって、からからと笑った。

六

現れたのは、二十二、三の小粋《こいき》な風をした女であった。

しかも通り過ぎるわけではなく、女はやって来るや、芳太郎に頰笑みかけて、

「お初にお目にかかります……」

と、富三の横に座ったではないか。

すると、芳太郎はニヤリと笑って、

「富三さん、どうです？　気に入りませんかねえ……」

少しおどけてみせた。

「いや、気に入りましたよ」

富三もニヤリと笑って応えた。

「すぐにでも、匕首を抜きたくなったよ」

「ちょいと嫌ですよう」

女が、色を含んで軽く富三の腕を叩いた。

「そんならじっくり楽しんでいってくださいまし……」

芳太郎も、下卑《げび》た笑いを浮かべる。

——そういうことだったのか。

竜蔵は苦笑いを禁じえなかった。

〝匕首〟というのは隠語で、まさしく富三の男の一物で、そいつで存分にかわいがっ

てやってくれという洒落だった。

「気に入らなかったら、今度のことはよしにさせてもらうよ」

というのも、まず顔見世があり、気に入れば女を買うとの意思表示に過ぎなかったのだ。

――おいおい、こいつは鹿之助に何ていえばいいんだよう……。

相変わらず緊張の面持ちで、芳太郎達を眺めている鹿之助を見て、竜蔵は大きな溜《ため》息《いき》をついた。

――こいつはまずい。

思えば鹿之助が最初に聞きつけた、

「旦那の刀で、ひと思いにぶすっとやっておくんなさいまし」

というのも、趣味の悪い〝淫語《いんご》〟であったのだ。

――まったく馬鹿な野郎だぜ。

竜蔵は、鹿之助を責めるわけにもいかず、芳太郎のくだらない物のたとえを恨んだ。

結局、芳太郎は隠《かく》し売女《ばいじょ》の仲介人で、あの日の武士も今日の遊び人風の富三も、ただの好色な客だったとは、笑い話にもならなかった。

「父うえ、あの人は、悪いやつらのなかまなのでしょうか」

竜蔵の隣で、鹿之助が囁いた。

「うむ、仲間、には違いないな……」

竜蔵は言葉に窮した。

自分が子供の頃に、父・虎蔵としでかした勘違いと今度の勘違いは、どちらが間抜けであろうか。

そんな想いが頭をよぎった。

母・志津は、あの日虎蔵が大暴れした場所は、

「確か、根津の権現様の裏手ではなかったですかねえ」

と言っていた。

つまり、あの時の勘違いの場も、この曙の里であったのだ。

荷船が行き交い、遊山の客で賑わう神田川の河岸で客を拾い、そこからこの曙の里に案内するのは、よくあることなのであろう。

それにしても、峡家三代で引っかかるとは何たる因果か。

「そんなら、富三さん。匕首が錆《さ》びつかねえうちに参りやしょうか」

茶を飲み終えると、芳太郎は富三と女を促して、茶代を置いて立ち上がった。

——何が匕首が錆びねえうちにだ、まだ言ってやがるぜ。

仏頂面の竜蔵の横で、

「父うえ。どこかへいくようですよ」

鹿之助が鋭く反応した。

「鹿之助、焦るな。落ち着くのだ」

竜蔵は、親の威厳を言葉に込めたが、誰よりも自分が焦っていた。

恐らく、芳太郎は富三を近くの出合茶屋にでも案内するのであろう。

とりあえずそこまでそっと跡をつけて、

「よし、鹿之助。悪い奴らの巣を見つけたぞ。今日のところは引き上げよう」

と、鹿之助に告げておくとするか。

――しかし、その後は何としよう。

芳太郎が殺しの請負人などではなく、けちな客引きであることがわかったのだ。

もう、こんな連中を追い回すこともなかろう。

――ここは三田に戻って、庄さんの知恵を借りて、鹿之助にはうまくごまかしておこう。

竜蔵はそう思いながら、ゆっくりと立ち上がったのだが、どうもすっきりとしなかった。

この連中に関《かか》わる必要はまったくなかったが、鹿之助に対してうまくごまかしておくというのは、間違っているのではないかと気が咎《とが》めたのである。

これは確かに勘違いであるが、鹿之助の正義の想いは称えられなければならないはずだ。

彼が聞いたのは、

「旦那の刀で、ひと思いにぶすっとやっておくんなさいまし」

「旦那の自慢の匕首で、切りきざんでやっておくんなさい」

という言葉である。

いかにも人相風体の悪い男がこの言葉を口にしているのを耳にすれば、〝いけないことをしようとしている悪い人がいる〟と思うのも当然ではないか。

そして鹿之助はそれをうやむやにせずに、きっちりと父親に伝えた。子供ではあるが、自分の父が〝剣俠〟に生きる強い人だとわかっているから、悪人の殺しを未然に防げると考えて、

「何を言っているんです、この子は」

「夢でも見たんじゃあないのですか」

などと窘められるのを覚悟で打ち明けたのである。

　鹿之助が取った行動は何も間違ってはいないのに、子供だから、ごまかしておけばよいと大人の都合で決めつけるのはおかしい。

　ましてや、芳太郎は殺しの請負人ではないようだが、法の裏側で認められていない仮宅《かりたく》での売色を生業にしている悪人に違いない。

　岡場所など正式な官許が下されていない売色は半ば公然と行われているが、それならそれで、まったく人に気付かれぬようにするべきだ。

　幼ない子供に悪巧みを聞かれ、尚かつ大人に勘違いを与えたのは、芳太郎の落ち度ではないか――。

　殺しの請け負いをしていないのは見た目に明らかだが、芳太郎は竜蔵と鹿之助に、弁明する義務があるのではないかと思いを巡らせた。

「鹿之助、行くぞ……」

　竜蔵は鹿之助を連れて、芳太郎達の後からついて行った。

　芳太郎は、富三を女と共に神明社の裏手にある、田園の一角に案内した。

　そこには、ひっそりと黒板塀に囲まれた、出合茶屋が建っている。どうやら、芳太郎が身を寄せるやくざ者の一家の巣であるらしい。

「鹿之助、父が思うところでは、あの頰に傷のある男は、人殺しではないようだ」

竜蔵は跡をつけながら、鹿之助に告げた。

「え？ でもわたしはたしかに、〝匕首で切りきざむ〟とか、〝刀でひと思いにぶすっと〟だとか、そんなことを話しているのを聞いたのですが……」

鹿之助は不満げに言った。

「なに、お前が耳にしたことを疑っているわけではない、あの野郎が匕首がどうだなどという話をしていたのはおれも聞いたよ」

「それでもあの人は、悪い人じゃあないのですか」

「いや、悪い奴には違いないが、刀や匕首の話は、悪ふざけでしていたようだ」

「悪ふざけ……、ですか」

「そうだ悪ふざけだ。まったく人騒がせな奴だ」

「人はころさないけれど、悪いやつらなのですね」

「そうだな。せっかく鹿之助が教えてくれたのだ。この先あいつらが悪いことをしないよう、どういうつもりでいるのか訊いておこう。鹿之助、お前はここで見ていろ。いいな……」

竜蔵は、出合茶屋がよく見える地蔵の陰に鹿之助を置くと、今しも芳太郎に案内されて、女と共に中へ入って行こうとする富三を呼び止めた。

鹿之助のために、今日は今回の決着をつけねばならぬと、思い決めたのである。

「楽しんでいるところ申し訳ないが、ちと訊ねたいことがある」

呼んだのが、大小をたばさむ浪人であると気付き、

「へい、いってえ何の用で……」

富三は怪訝《けげん》な目を向けた。

「旦那、ちょいと今は取込み中でしてね。ご免なさいよ」

横から芳太郎が割って入った。こんなところで声をかけてくる浪人にろくな奴はいない。何かでたかりにきたのならお断りだとばかりに、芳太郎の口調には強いものがあった。

「手間は取らさぬ」

竜蔵も、有無を言わさぬ口調で対した。

こうなると、竜蔵の方が役者が一枚上である。その場の三人は、射竦《いすく》められたかのように、竜蔵を見た。

「とにかく、その訊きてえことってえのを話してもらいましょう」

富三も女の手前、不様な姿を見せたくはない。そもそもが威勢の好い男だけに、度胸を据えて竜蔵に問うた。

「それなら問うが、おぬしは先ほど、匕首を抜く抜かぬと物騒な話をしていたが、あれはどういう意味だ」

馬鹿げた問いであるのはわかっていたが、竜蔵はにこりともせず問うた。

「匕首を抜く？」

富三は小首を傾げたが、

「ははは、旦那、野暮《やぼ》なことは言いっこなしですぜ」

と、女と顔を見合って笑った。

「あっしは見ての通りの丸腰ですよ」

富三は懐を広げてみせた。

「左様か、それならばよいのだが、先だっても、この男を見かけた者がいてな……」

竜蔵は、芳太郎を顎《あご》をしゃくって示し、

「どこかの武士に、〃旦那の刀で、ひと思いにぶすっとやっておくんなさいまし〃などと言っているのを聞いたというのだ」

「旦那、そんなものはちょっとしたたとえに決まっているじゃあありませんか。真に受けることがありやすかい。馬鹿馬鹿しい……」

芳太郎は商売の邪魔にきたのかと、うんざりした表情で詰るように応えた。

「馬鹿馬鹿しいだと……？　馬鹿馬鹿しいのはお前だろうが！」

竜蔵は思わず吠《ほ》えた。馬鹿馬鹿しいのは百も承知だが、それをこ奴に吐いて捨てるように言われる覚えはない。

「おう、お前のやっていることはまともなのかい。御法度の裏で女に稼がせている身が、利いた風な口をたたくんじゃあねえや。刀でぶすりだとか、匕首で切りきざむとか、物騒なたとえをすりゃあ、中には心根のきれいな者がいて、これを聞いて穏やかじゃあねえと、気にかけることだってあるぜ。それを手前、馬鹿馬鹿しいとぬかしやがるのかい！」

竜蔵の目の覚めるような啖呵《たんか》に、芳太郎は驚いて呆気《あっけ》に取られたが、

「おう、兄ィ、どうかしたのかい」

出合茶屋の中から、芳太郎の仲間が、五人ばかりぞろぞろと出て来た。

芳太郎は、適当に謝っておけばよいものを、仲間の来援《らいえん》に気が大きくなったか、

「どうもこうもねえや。まずお客人を中へご案内してくんな」

と、富三と女を中へ入れ、

「何だか知らねえけどよう、わけのわからねえことで絡まれているんだよう」

しかめっ面で言った。

「何だと?」

仲間の一人が勢い込んだ。こ奴も数を恃《たの》んで調子に乗ったのだ。誰か一人でも修羅場を潜った者がいれば、目の前にいる武士を相手にしない方が賢明だと気付いたであろう。

「おう素浪人、お前、小遣《こづけ》え稼ぎに来たのなら当てが外れたぜ。とっととうせやがれ」

芳太郎の弟分が、竜蔵に向かって脅しつけるように言った。

——こいつはいいや。

竜蔵は内心ほくそ笑んだ。

鹿之助の手前、何かことを起こさねばならぬと真《ま》っ直《す》ぐに問いかけたが、このまま息子を連れて、すごすごと帰るのも気が引けた。

こ奴らは明らかに悪人であるのに、ただの言葉のあやであったと引き下がっても、鹿之助には何のことやらわからないのである。

鹿之助にとっては、幼ない時に竜蔵が思ったのと同じく、悪い奴らは懲らしめられねばならないのだ。

奴らが喧嘩を売ってくれれば、これほどのことはない。

「おれが小遣い稼ぎに来ただと？　手前らみてえなくそ野郎が、人の生き血を吸って稼いだ金なんぞ、誰が当てにするかよう。手前ら、おれに喧嘩を売るなら、いつでも買ってやるぜ……」

竜蔵は、この言葉は鹿之助には聞こえぬよう、低く小さな声で言った。

僅《わず》かな沈黙の後――。

鹿之助は、悪党共を懲らしめる、あまりにも強過ぎる父の姿をまのあたりにした。

五、六人いる男達が、殴られ、蹴られ、投げつけられて、あっという間に地に這って許しを乞《こ》う姿は、鹿之助の目には鮮烈に映った。

――こいつらが喧嘩を売ってくれたお蔭《かげ》で、ひとまず一件落着だ。

悪い奴らは酷い目に遭う。子供はそれをまのあたりにすることで正義の何たるかを知らねばならないのだ。

そして、自分の発した一言によって、こんな騒ぎが起きた。それを思えば言葉がいかに重みのあるものか、身に沁《し》みてわかったはずだ。

自分が父を思い出すように、いつか鹿之助も、父は物好きな暴れ者であったが、自分の正義をとことん信じて守ってくれたと思ってくれたなら、これほどのことはない。

「おう、心配するな。おれはお前らの商売は邪魔をしねえよ。今度会った時は仲直りに一杯やろうぜ」

あの日、父・虎蔵も鬼瓦の親分にこんなことを言ったに違いないと思いつつ、

「あばよ」

竜蔵は芳太郎達に片手拝みをすると、

「鹿之助、帰ろう。奴らは人殺しはしていねえようだが、何かってえと人に喧嘩を吹っかける破落戸だから、ちょいと懲らしめてやった。これからは心を入れ替えるとよ。それもお前のお蔭だな」

鹿之助は、父に誉められてはにかんだ。

「さあ鹿之助、これで悪人退治は終りだ。明日からは、剣術も手習いも大いに励めよ」

「はい」

「それから、母上が案じてはいかぬゆえ、これはおれとお前の内緒ごとだ。何も言わずにおくってことも、男には大事なのさ」

竜蔵は、鹿之助の頭をぽんと叩くと歩き出した。鹿之助が勇んで続く。その幼気《いたいけ》にして凛とした姿を見て、道行く人々は目を細めた。

余寒はまだ江戸を覆いつくしていたが、笑い合って歩みを進める父と子には、暖か

な春の風が吹いていた。

「親父殿、あの折は忝《かたじけの》うございました……」

竜蔵は、空の彼方《かなた》に浮かぶ虎蔵の面影に、もう一度片手拝みをした。

第四話　用心棒

一

文化九年（一八一二）の正月中頃から、峡竜蔵の剣友・中川裕一郎《なかがわゆういちろう》は、武州程ヶ谷《ぶしゆうほどがや》に滞在していた。

程ヶ谷の宿で、本陣、名主、問屋を務める苅部《かるべ》家は、かつて戦国の世において関東の覇者《はしや》であった北条《ほうじよう》家の重臣であった。

やがて豊臣秀吉《とよとみひでよし》によって北条家が関東を追われた後、苅部家も衰退したが、徳川家《とくがわいえ》康《やす》が豊臣家に替って天下人となってから、先祖の領地であったこの程ヶ谷に戻されたのである。

当主は代々清兵衛《せいべえ》を名乗り、戦国の名門の出であるだけに武芸を尊び、いざという時のためにと、家人や宿役人達にこれを習わせていた。

中川裕一郎は、武芸教授を頼まれて一月ばかり出稽古《でげいこ》に赴《おもむ》くつもりが、

「もう少し、腰を落ち着けて、じっくりと指南願えませぬか」

と、誠実な人柄を買われて引き留められていた。

いっそ程ヶ谷で道場を開いて、何年か暮らしてみようか、などと思い始めている裕一郎は、その由を文で峡竜蔵に報《しら》せた。

竜蔵は、朴訥《ぼくとつ》として愛敬のある中川裕一郎が、程ヶ谷の人々に好かれている様子を文中に思い浮かべて、

「こいつは何やら嬉《うれ》しくなってきたな。よし、景気を付けに行ってやろう」

と、すぐに程ヶ谷へ供も連れず単身向かった。

程ヶ谷は、品川からだと、川崎、神奈川の次の宿で、朝に三田二丁目の道場を発《た》つと、竜蔵の足なら日暮れ前には着く。

隣町に出かけるような気分であったのだが、近頃の竜蔵は、亡父・虎蔵に似てきて、何かというと旅に出たがるので、妻の綾や、竹中庄太夫、神森新吾など道場の門人達は、

「小旅が長旅にならねばようござるが……」

と、一抹の不安を覚えていた。

それでも、中川裕一郎は峡道場の面々とは馴染《なじみ》が深く、竜蔵の気持ちをよく理解出

来るので誰《だれ》も苦言は呈《てい》さなかった。

竜蔵は何の気兼ねもなく、東海道を西上したのであった。

程ヶ谷に着くと、裕一郎は手を取らんばかりに喜んで、まず休息を勧めたが、竜蔵は問屋場の近くに建てられた、急拵《きゅうごしら》えの武芸場を見ると、

「こいつは何だね。裕さんのために拵えてくれたんだね」

嬉しくて仕方がなく、三田からの長い歩行も忘れて、すぐに武芸指南を手伝って、集まった宿場の剣士達を大いに感嘆せしめた。

「これは忝《かたじけの》うございます。峡先生のお蔭《かげ》でわたしの顔も立ち過ぎるくらいに立ったので、ますますこの地に引き留められそうですよ」

裕一郎は竜蔵の厚情に涙を浮かべて感じ入ると、宿場を方々案内して、精一杯に竜蔵をもてなした。

竜蔵もさらに上機嫌となり、翌日は、日の出と共に稽古をして、日暮れと共に一杯やる――。そうして三日の間逗留《とうりゅう》して江戸へと戻ったのである。

その際、竜蔵は裕一郎の肩をぽんと叩《たた》いて、

「ここで骨を埋めるのならそれもよし。だが、江戸を忘れてくれるなよ。お前さんには、おれの妹分だった常磐津《ときわず》の師匠のお才《さい》を守るために、わざわざ三田へ越してもら

った恩義もある。こいつをきちんと返していねえままだし、何といったって、中川裕一郎が近くにいねえと寂しくていけねえや」

と、しみじみ言って、裕一郎を男泣きさせたものだ。

周囲の者達が大人になって落ち着いていくのは好《い》いのだが、何やら自分は、三田二丁目の道場に落ち着いてしまって、人に敬愛されるという孤独に、どんどん陥《おち》っていくのではないかと、竜蔵は時折寂しくて堪《たま》らなくなる。

そんな想《おも》いが素直に口をついたのだが、同じ孤独を味わうならば、峡竜蔵の衣を脱ぎ捨てられる旅の空がよい――。

近頃《ちかごろ》の竜蔵の旅好きは、こういう心情から生まれているのだ。

いつ帰るとは明言していないので、

――ゆるりと参ろう。

しっかりと歩けばすぐについてしまう。それではおもしろみがないと、竜蔵は浜辺の道を辿《たど》ったりしながら、ちらほらと咲き始めた桜を愛《め》でつつ歩いた。

神奈川の湊《みなと》を過ぎた辺りであった。

昼下がりの穏やかな浜辺で、

「まったく何をやってるんだよう！　朝から酒かっくらって、のろのろとするんじゃあないよ！」

威勢の好い娘の声が、耳をつんざかんばかりに響き渡った。

「やかましい、お前の声を聞いていると、頭につんときていけねえや」

それに応《こた》えたのは、野太い男の声であった。

見れば、十五歳くらいの旅の娘と三十過ぎの浪人者が言い争っていた。

「頭につんとくるのは飲み過ぎたせいだろう。しっかりしろってんだ！」

娘はまったく怯《ひる》むことなく、黒目がちの瞳《ひとみ》を、だらしのない無精髭《ぶしようひげ》だらけの浪人に向けている。

傍らを通りかかった人々は、一様に二人の方を見たが、まだ幼さが残る娘が、このような遠慮のない口を利いているのである。

罵《のの》り合《あ》っていても、二人はそれなりに親しい間柄なのであろうと解釈して、すぐにその場を通り過ぎていった。

気になったとしても、このような利かぬ気の娘と、むくつけき浪人者に関《かか》わりたくはなかった。

竜蔵もそのまま通り過ぎようとした。

旅に出るのはよいのだが、その土地土地でつい騒ぎに首を突っ込んでしまうからいけないのである。

「まず、口喧嘩できるのは、仲がよい証《あかし》だな」

自分に言い聞かせるようにして歩みを進めたのだが、

「この小便たれが。お前が頼むからこうやって付いて歩いてやってるんじゃあねえか！」

「ふん、文無しのあんたを拾ってやったんだろう。偉そうな口を利くんじゃあないよ。誰の銭で酔ってやがるんだ」

このやり取りが聞こえてきた時、娘の威勢がよくておもしろみのある啖呵《たんか》が、竜蔵の心を捕えてしまった。

――考えてみればおもしれえ取合せだな。

そう思うと、いてもたってもいられなくなり、その場に立ち止って、浜辺の二人を見物していた。

「この小娘が、いい気になるんじゃあねえぞ」

「いい気になってるのはあんたの方だろ」

「やかましい！　おれも武士の端くれだ……」

「端くれ？　鼻くその間違いじゃあないのかい」

「もう我慢ならぬ。おのれ、武士をからかうとどうなるか思い知らせてやる」

「どうしようってんだよ」

「その、青い尻《けつ》を叩いて躾《しつ》けてやらあ」

言うや浪人は、娘に飛びかかり押さえつけて、

「それ、ひとつ！　ふたつ！」

と、小さな尻を叩き始めた。

「畜生《ちくしょう》！　何しやがる、この人でなしが！」

娘は暴れるが、浪人はびくともしない。酒に酔っているようではあるが、彼の身のこなしは、相当に武芸を修めた身上を物語っていた。

「おいおい、もうその辺りでやめておけ」

竜蔵の体は、ひとりでに二人の傍《そば》へと寄っていた。

――ああ、また余計な真似《まね》をしちまったかもしれねえな。

心の内でそんな想いがよぎったが、もう手遅れであった。

浪人は、娘の尻を叩く手を止めて、ぐっと竜蔵を睨《にら》みつけた。

「誰だおぬしは……」

娘もわめき声を止めて、驚いたような顔を竜蔵に向けている。

湊に打ち寄せる波の音が、ようやく竜蔵の耳に聞こえてきた。その音に乗せて、

「通りすがりの者だよ」

竜蔵には二人の喧嘩《けんか》の理非《りひ》がいずれにあるかわからない。あくまでも穏やかに言葉を発した。

「通りすがりの者なら、そのまま通り過ぎればよかろう」

浪人はなかなかに剽《ひょう》げた物言いをする。

「そうしたいところだったのだが、おぬしら二人のやり取りがおもしろうてな。思わず見入ってしもうたのだ。とにかく若い娘の尻をそんなに叩くものではない」

「おれも好き好んで叩いているわけではない。おぬしも聞いていただろう、この小娘の悪口雑言《あっこうぞうごん》を」

「ああ、聞いていた。なかなかおもしろかった。もう放してやればどうだ」

「いや、まだ躾《しつけ》は終っていない」

そこへ娘が顔をあげて、

「うだうだ言ってんじゃあないよ！　そこの旦那《だんな》、助けてやろうと思っているなら、早いところこの馬鹿野郎をたたんじまっておくれよ！」

大声で口を挿《はさ》んだ。

「うるせえ、小便たれが！」

浪人は再び手を振り上げた。

「だからやめろと言うに」

竜蔵は、語気を強めた。

「おぬしは酔っているようだ。おまけに飲んだ酒は娘の銭だという。それを考えると、みっともないゆえこの辺りでやめた方がよい。そうではないか」

浪人のこめかみがぴくりと動いた。

「いずれにせよ、おぬしには関りがないことだ。それとも、この小便たれの言うことを聞いて、おれをたたんじまうかい」

「たたんじまうには、おぬしはなかなか強そうだが、年端もいかぬ娘に頼まれたら、放ってもおけまい」

「こいつはおもしれえ、おれも苛々《いらいら》していたところだ。酔い覚ましにいっちょうやるか」

浪人は娘を浜辺に転がして立ち上がった。

「痛いッ！　何しやがるんだ、このろくでなしが！」

娘の叫び声を聞きながら、竜蔵と浪人は対峙《たいじ》した。

竜蔵は、〝いっちょうやるか〟と身構える浪人の姿に愛敬を見いだし、〝このろくでなし〟に親しみを覚えて、

「おぬしとは気持ちよく、喧嘩ができそうだぜ」

と、腰の大小を鞘《さや》ごと抜いてその場に置いた。

浪人もそれに倣《なら》って、

「さて、それはどうかな。ただ吠《ほ》え面《づら》をかくだけかもしれねえぜ」

と、うそぶいた。

「酔ったお前には負けねえよ」

「野郎！」

浪人は、つつッと間合を詰めると竜蔵に拳《こぶし》を突き入れた。

素早い一撃は、竜蔵の顔面を捉《とら》えるかと思われたが、竜蔵はすんでのところで、体を開いてかわした。

浪人はたたらを踏んだが、

「手前、やるじゃあねえか。こいつはおもしれえや！」

すぐに体勢を立て直して、竜蔵の胸倉を摑《つか》んだ。しかし、何がどうなったかわからぬままに、見事にその手をほどかれ、竜蔵にどんと胸を両手で押されて後退《あとじさ》りした。

「野郎、味な真似をしやがって……。こうしてやるぜ……。な、何しやがる。ヘッ、やられて堪るか。手前、見くびるんじゃあねえぜ！　や、やりやがったな」

それから浪人は、竜蔵めがけて殴る蹴《け》るを何度も試みたが、どれも紙一重でかわされて、どんと押される――、これを繰り返した。

遂には、摑みかかったところが、ふわりと宙に浮かび背中から落ちていた。

「ああ、やっぱりおれは酔っている……。負けだ！　おれの負けだ！」

浪人は、舌打ちをしてその場で大胡床《おおあぐら》をかいた。

酔ったせいにするのもご愛敬で、

「ははは、やはり気持ちよく喧嘩ができたぜ」

竜蔵は高らかに笑った。

ふと見ると、目をしばたたいた娘が、竜蔵の傍へ寄ってきて、しばしぽかんとした表情を浮かべていたが、

「旦那、お願いします！　あたしの用心棒になっておくんなさい！」

やがて両の手で竜蔵の右手を取って、上目遣いに請い願った。

二

峡竜蔵は、こうしてまた小旅を長旅にしつつあった。

ひとまず娘の話を聞くことにして、彼は海を眺めながら浜の砂地に腰を下ろした。

娘は、海に背を向けちょこんと座って、

「あたしは、まさと申します」

先ほどの伝法な口調を改め真《ま》っ直《す》ぐに竜蔵を見た。

浪人はというと、少し離れたところで胡床をかいて、ふて腐れたように海に向かって小石を投げていたが、この男の名は、岩田《いわた》八郎《はちろう》というらしい。

「で、お前の尻を叩いていた旦那は、何者なのだい？」

竜蔵は八郎を見ながら問うた。

「その話をする前に、まず旦那を男と見込んで、ここまでのいきさつをお話しいたします」

見た目は子供だが、おまさの口調は実に大人びていた。

「おい、会ったばかりのおれに、いきなり込み入った話を打ち明けていいのかい？」

「あたしはまだ十五ですが、世間は一通り見ております。旦那がどんなお人か、すぐにわかりますよ」

岩田八郎と揉《も》めているところへ仲裁に入った時の大らかさ。尋常ではない強さ。それを見れば、竜蔵がいかに大した男で頼りになりそうかは、考えるまでもないと、おまさは言うのである。

「とにかく話を聞いておくんなさいまし」

「わかった。聞こう」

頷《うなず》く竜蔵を見て、おまさは初めてにっこりと笑った。目尻《めじり》のたれた愛らしい顔は飾り気がないものの、なかなかに整っている。

「実を申しますと、あたしは仇《かたき》を追う身なのでございます」

「仇を追う？　てことは、その姿は世を欺《あざむ》くためで、本当はいずれかの御家中の……」

「いえ、ただの煮売り屋の娘ですよ」

「何だと？」

「仇討ちは、お武家だけのものじゃあないでしょう」

「まあ、それはそうだが……」

確かに町人や百姓でも、取調べによって仇討ちと認められれば無罪となる。

しかし、武士は討たねば面目が立たず、家の興亡に関わることもあるが、煮売り屋の娘がわざわざ、仇を捜し求めてあてどのない旅をするなど聞いたことがない。

「お前のような娘が、そんな大変なことをせずとも、役人に任せておけばよいものを……」

竜蔵は宥《なだ》めるように言ったが、

「あたしは何が何でも、お父つぁんを殺した河野喜平《こうのきへい》を、この手で殺してやらないと気がすまないんですよう」

「お父つぁんが殺されたのかい。その河野喜平って野郎に……」

おまさは無念を噛《か》み締《し》めて頷いた。

おまさの父親は、杉蔵《すぎぞう》といって、相州藤沢《ふじさわ》で煮売り屋をしていた。女房を早くに亡くしたので、おまさが父親を手伝い、店をよく切り回したものだが、杉蔵はおまさをかわいがってくれたので、藤沢での暮らしは幸せであったという。

杉蔵は、男気に溢《あふ》れた男であった。若い頃は東海道筋を転々と渡り歩き、喧嘩と博奕《ばくち》に身を置いたという暴れ者で、それが歳《とし》をとって丸くなり侠気《きょうき》だけが身に残った。

自ずと杉蔵の煮売り屋には、臑《すね》に疵《きず》持つ荒くれ達が、ほんの一時酒にうさを晴らしにやって来るようになった。

杉蔵は、やくざな昔を抱えながらも何とかまっとうに生きていこうとする男達を放っておけずに、飲み食いをさせてやったり、時に金も貸してやった。

店の奥にある控えの一間には、杉蔵を頼りにやって来た連中がいつもごろごろしていた。

そんな連中に飯を食わせたり、店の仕込みを手伝わせたりするのはおまさの役目であったから、彼女はしっかりとした気の強い娘に成長していった。

ところが先日。

杉蔵が、

「ちょいとそこまで出かけてくらあ」

と、外出をしたまま帰ってこなくなり、その身を案じたおまさが捜しに出ると、やがて彼女は裏手の路地に、血を流して倒れている杉蔵の姿を見つけた。

「お父つぁん……!」

助け起こすおまさの腕の中で、杉蔵は、

「き、喜平の奴《やつ》に……」

とだけ言《い》い遺《のこ》して息絶えた。

おまさは気が狂わんばかりに泣きながら、

「きっと、きっとこの仇はとってあげるよ」

と、復讐《ふくしゅう》を誓った。

この喜平というのが、件《くだん》の河野喜平で、つい先日、旅の途中に杉蔵の家に立ち寄り二日ばかり泊まっていった浪人であった。

歳は四十前で、文無しのくせに横柄《おうへい》で、初めて会った時から、おまさに馴《な》れ馴《な》れしい口を利いてきた。

杉蔵とはどのような仲であったのかは知れぬが、おまさは喜平が気にくわなかった。

「いつまでいたっていいんだぜ」

杉蔵は、居候《いそうろう》達には一様にそんな言葉をかけていたものだが、

「お前さんがいるとろくなことがねえ。一刻も早く出ていってくんな」

喜平には、厳しい言葉を投げかけていた。

やはり父親も河野喜平を嫌っているのだと思うと、おまさも気が楽になったが、そんな奴をどうして家に引き入れたのかと疑問が湧《わ》いた。

かつて暴れていた頃に、命を助けてもらったことがあったそうだが、杉蔵はそれについては特に何も語らなかった。

気に入らぬ男であったが、どうせ二、三日の内に出ていくであろうと、おまさも大して気にかけずにいた。好き嫌いはあれど、杉蔵を頼って来る者はどうせろくでもない連中なのだから、いちいち気にかけていてはきりがないのだ。

そして、かつての罪を引きずりながら生きている連中に対して、いつも温かい目を向けてやる杉蔵をおまさは尊敬もしていたから、喜平について何も文句は言わなかった。

まさか喜平が、杉蔵を殺すなど思いもかけなかったのだ。

おまさはすぐに役人に届け出た。杉蔵の身からは財布が消えていたので、状況から見ても河野喜平なる浪人が、金に困って杉蔵を殺したのは明白であると受理された。

しかし、喜平の行方は杳《よう》として知れなかった。

今までも散々悪事に手を染め、御上《おかみ》の目を逃れてきたという男である。街道筋には逃亡を助けてくれる仲間もいるはずだ。

巧みに姿を変えて、大都江戸に入り裏の世界に紛《まぎ》れてしまえば、容易に捕まるまい。

藤沢の役人の対応は親切であったものの、なかなか手が回らないのは見てとれた。

荒くれが集う煮売り屋を仕切ってきたおまさである。十五とはいえ、その辺りの娘と違って、世間を知っている。焦ったとて仕方がない。じっくり考え、身の周りを整えて、まず仇討ちが出来る手はずを段取ろうとした。

自らも、杉蔵の死を悼《いた》み集って来た者達から河野喜平に関する情報を集めると共に、店を処分して軍資金を得ようと、方々にかけ合った。

するとその最中に河野喜平を追って藤沢に現れたのが、

「あの酔っ払いの、岩田八郎なのでございます……」

で、あったそうな。

八郎は、江戸に向かって東海道を旅する間、遠州浜松《えんしゅうはままつ》で河野喜平と出会い、二人で金谷《かなや》の宿に入った。

ここでは大井川《おおいがわ》の船客相手に大きな賭場《どば》が密《ひそ》かに開かれていて、その情報を仕入れた喜平が、

「この賭場のことを役人に報せて、手入れの場に一緒に乗り込もうぜ」

と、八郎に持ちかけた。そのどさくさに寺銭をいくらか頂いてしまおうと言うのだ。

八郎は今ひとつ気が進まなかったが、このところは用心棒稼業も景気が悪く、手元不如意が続いていたので、

「まあ、悪銭を少々頂いたとて罰は当らぬであろう」

と、この話に乗った。

そして、河野喜平は計画通りにうまく立廻《たちまわ》り、二人は善人面をさげて、手入れの先導をした。

喜平は予《あらかじ》めどこに金があるかを下調べしていた。そこへ八郎が踏み込み、暴れる間に金子を懐に入れて、賭場の客を追い立てるふりをしながらその場を出た。

八郎は、喜平に渡された金包みを大樹の根元に積もる枯草の中に一旦《いったん》隠した。それから喜平と別れて捕物を見届け、隙《すき》を見て隠した金を取り出したのだが、そこにあったのは石塊《いしくれ》であった。

喜平は、まんまと八郎を出し抜いて、自分だけが百両の金を手に消えてしまったのだ。

八郎は怒り心頭に発した。

――奴を叩《たた》っ斬《き》って金を取り戻してやる。

そう思ったものの、喜平は八郎の目を欺いて、そのまま大井川を渡ってしまった。

八郎もすぐに跡を追ったが、少しのずれで、上流の雨による増水で川止めとなった。

八郎はさらに地団駄《じだんだ》踏んだ。喜平はその辺りのことも初めから読んでいたのであろう。

まったく間抜けにも金谷を動けぬ八郎は、喜平を何としてでも見つけ出してやると、川止めの間に動き回った。

　すると、賭場に出入りしていた者で、喜平にうまくはめられて、中の様子を教えてしまったという、金谷の侠客《きょうかく》に話を聞くことが出来た。

　八郎もここはその侠客を男と見込んで、自分もまた喜平に乗せられた口だと打ち明けると、その侠客は、

「あの野郎をぶっ殺してやってくだせえ」

　と、あれこれ喜平が立廻りそうな先を教えてくれた上に、草鞋銭《わらじせん》までくれたという。

　その立廻りそうな先に、藤沢の杉蔵の煮売り屋が含まれていた。

　八郎は、やっとのことで大井川を渡ると、方々訪ねた後に、おまさの前に現れたというわけだ。

　二人は、互いに喜平を殺してやりたい想いで一致した。

　八郎は、喜平の立廻り先についての情報があるが、金谷の宿での聞き込みに金を使い果し、件の侠客がくれた草鞋銭も、最早《もはや》底をついていた。

「そんならあたしが銭を出すから、あたしの仇討ちの助《すけ》っ人《と》をしてくれませんかねえ」

「おお、それは好《よ》いな。だが、命に関わる危ねえ旅だ。おれの言うことは聞いてもら

うぜ」

八郎は、おまさにそれを納得させた。おまさは得体の知れぬ浪人の言うがままになるのは気が引けたが、それも止《や》むを得まいと、無事に店も売り払い、その金を手にするや、

「ちょいと景気を付けておくんなさい」

仇討ちの旅に出る前夜に、八郎に一分ばかり渡す気遣いをみせた。

「おっと、こいつは豪儀だねえ。話に聞きゃあ、荒くれ相手に煮売り屋を切り盛りしたそうだが、それだけのことはあるぜ。お前はよく気の回る立派な大人の姐《ねえ》さんだな」

八郎は、世慣れたおまさを称《たた》えると、

「よし。まず明日からは任せてくんな。こう見えても岩田八郎は武士の端くれだ。きっと河野喜平の野郎を見つけ出し、切り刻んでお前のお父つぁんの恨みを晴らしてやるぜ」

堅く決意を述べて、その日は宿場で大いに景気を付けたのだが、これがいけなかった。

翌朝になっても酒が抜けず、旅発《たびだ》ちはしたものの、気分が悪くなり、何度も道端で

踞《うずくま》る始末で、神奈川の湊に至って、ついにおまさの怒りが爆発したというわけだ。

「ははは、これはよい。そこの兄さんは景気を付け過ぎたんだな」

話を聞くと、竜蔵はおまさ、岩田八郎二人共におかしみを覚えて、からからと笑った。

相変わらず海に小石を投げている八郎は、すっかりと酔いも覚めてきて、竜蔵に親しみを覚えてきたようで、

「まず、ちょっとしたご愛敬でね……」

と言って頭を掻《か》いた。

「だが姐さん、お前もあんまりがみがみ言ったって始まらねえよ。そこの兄さんがいねえと、河野喜平っていう仇の影がなかなか見えてこねえんだからよ」

竜蔵は、おまさを姐さんと立ててやりながら窘《たしな》めた。これを聞いて、

「そう、そうなんだよ。いざって時は、おれが命を張るんだから、酒が残ったくらい勘弁しろってんだよ」

八郎は調子付いた。

「物ごとは初めが肝心なんだよ！」

おまさは、八郎に砂を投げつけた。

「だから、揉めていたって始まらねえよ。兄さん、お前が頼りねえ真似をするから、おれに用心棒のお鉢が回ってきたじゃあねえか」

さすがに竜蔵も苦い顔をした。

勇んで藤沢を出たのはいいが、こんなことで本当に河野喜平を討てるのだろうかと、おまさが不安に思うのは無理もない。

それゆえおまさは、竜蔵を新たに用心棒として雇い入れ、八郎の不甲斐《ふがい》なさを補おうというのであろう。

「旦那、話はわかってくれたでしょう。このあたしを哀《あわ》れだと思って、用心棒になってやっておくんなさい」

おまさは芝居がかった仕草で、竜蔵の前に手をついた。

「話を聞けば、お前は確かに気の毒だ。だがおれも、用心棒などしている暇はねえんだ。そこの兄さんも、酒が入っていなけりゃあ、なかなか大した腕のようだ。何もおれがいなくても……」

竜蔵は、おまさを宥めたが、

「いや、おれも旦那にいてもらいたいねえ」

今度は、八郎が竜蔵に仲間になるよう願った。

「この先、おれ達二人じゃあ互いに息が詰まっちまうし、またいつ尻を叩きたくなるか知れたもんじゃあねえや」

「そん時は、またおれに間に入れってえのかい」

「そういうことだ。その山猫を手なずけられるのは旦那だけだろうし、お前さんほど腕が立つ男がいれば心強い。何といっても、河野喜平の落ち着く先は、どうせ鬼の栖《すみか》に決まっている。助っ人がいればありがてえと思っていたところなんでね」

どうも峡竜蔵は、二人共に好かれてしまったようだ。

「岩田の旦那、初めていいことを言いなすったね」

「口の減らねえ女だ……」

「お願いしますよ。品川に着けばお金が入るあてがあるから、きっちりと用心棒代は払います」

おまさは、八郎の言葉に勢いづいて、また懇願した。

こうなると、そもそもがゆったりと江戸へ帰ろうとしていた竜蔵である。河野喜平という男が許せなかったし、このまま江戸の闇《やみ》に逃げ込んでしまえば、そ奴のために泣く者も出てこよう。ここは神奈川の湊で、品川まではもう目と鼻の先である。どこか寄り道をするなら今のうちであった。

「よしわかった。八つぁん、お前は河野喜平の立廻り先は大よそ見当がついているんだな」

竜蔵は、心の内で綾と峡道場の面々に手を合わせつつ、これを引き受けて八郎に訊《たず》ねた。

「ほとんどわかっているから、そんなに手間は取らせませんよう」

八郎はニヤリと笑った。

「よし、そんならこれも何かの縁だ。用心棒を引き受けようじゃあねえか。そういえばまだおれの名を言ってなかったな。おれの名は……間島竜三郎《まじまりゆうざぶろう》だ」

久しぶりにこの名を使って、竜蔵は胸の高鳴りを抑えられずにいた。

三

その夜。

間島竜三郎と名を変えた竜蔵は、おまさ、岩田八郎と三人で、品川に宿をとった。

品川は、三田からはほど近いゆえ、竜蔵は未《いま》だかつて、ここで泊まったことはない。

三田の道場に移ってからは、たまには品川の宿で遊んでみたいと思ったこともあったが、近くゆえに人目を気にして来なかったのだ。

しかし、ゆったりと品川の宿を歩くと、さすがに江戸四宿のひとつである。方々に人目を引く旅籠《はたご》や、静かな佇《たたず》まいの料理屋なども建ち並び、なかなかに楽しそうである。

もしや誰かに会うのではないかと危ぶまれたが、考えてみれば竜蔵が思うのと同じ道理で、芝《しば》、三田、高輪《たかなわ》辺りの知り人が品川に来ることはまずない。

昨夜の酒での失態もあるし、八郎はおまさに従って、飯盛女のいない平旅籠に黙って入った。

竜蔵にも異存はないが、まだ岩田八郎とは気を許し合う間柄ではない。おまさもその辺りのことは心得ていて、部屋は三つ取り、さっさと夕餉《ゆうげ》を済ませるとそれぞれが別れて横になった。

――まったくしっかり者だな。

竜蔵は、おまさと出会ってからの時を思い返すと舌を巻くしかなかった。

父親が死んで、煮売り屋に一人取り残されたのである。その辺りにいる十五歳の娘なら、

「明日から何として生きていけばよいのやら……」

と、嘆き悲しみ、近所の人達の世話になりながら、この先どうして生きていくかを

悩むであろう。

それが、おまさは復讐を誓うと、まるで未練を残さずに煮売り屋を売り払い、岩田八郎をその金で雇ったというのは、真《まこと》に痛快ではないか。

さらに旅発った後の、八郎への喧嘩の売り方は堂に入ったものだ。

そんなことを思い描いていると、

「竜さん、ちょいといいかい」

岩田八郎が、酒徳利を手にやって来た。

「何でえ、昨日の酒はもう抜けたのかい？」

竜蔵がにこりと笑うと、

「そんなものはもうとっくに抜けているさ」

どこまでも酒好きのようだ。

「気の強《つえ》え姐さんに叱《しか》られてもしらねえぜ」

「そんなに飲まねえよ。ちょいと気晴らしってところさ」

「ふふふ、そんなら付合うよ」

ちょうど竜蔵も、頭の中を整えたいと思っていたところであった。

「だが八つぁん、互いの身の上話はよしにしようぜ」

「それはこっちも望むところですよう。そんな話をしたって、何もおもしろくねえってもんだ」

八郎は、小ぶりの茶碗《ちゃわん》を旅籠の女中に持ってこさせると、竜蔵に酒を勧めた。

「こいつはすまねえな」

竜蔵は、美味《うま》そうに喉《のど》を鳴らすと、

「よく酒代があったな」

と、小首を傾《かし》げた。

「まあ、これくらいはどうにでもなるってものさ」

八郎は、ちゃっかりと旅籠に頼んで、間島竜三郎の酒代としておまさに付けていた。

「そういえば、訊《き》くのを忘れていた。その、河野喜平って野郎の立廻り先だが、おぬしはどこに見当をつけているんだ」

「ははは、そういやあ大事なことを言い忘れていたよ」

八郎が、金谷の宿で聞きつけた噂《うわさ》では、

「江戸で石上滋三郎《いしがみじさぶろう》の許《もと》に駆け込むんじゃあねえかって言っていた」

「石上滋三郎？」

「聞いたことくらいあるだろう。何かってえと名が出てくる、ろくでもねえ野郎さ」

どこかで名前は聞いたことがあったが、竜蔵は石上滋三郎なる男をすぐに思い出せなかった。

「一刀流の遣い手で、食い詰め浪人を束ね始めたっていう男だよ」

それで思い出した。

先日、ふらりと網結の半次が道場に顔を出して、

「性質《たち》の悪いのが出てきて困っておりやすよ」

と、嘆いていた。

このところは、町場で暴れることがめっきり減った峡竜蔵である。

今の立場を思えば当り前のことなのだが、かつてのように、

「馬鹿みてえに強え男がいる」

と、噂されていた頃は、竜蔵自身調子に乗って、町場の暴れ者を自認する浪人達の挑戦を受けたり、弱い者苛《いじ》めをする者がいれば、自分から殴り込んだりもした。

それゆえに、破落戸《ごろつき》の集団や、盛り場の強い用心棒連中の情報にはこと欠かなかったものだが、今は半次や国分の猿三、時に浜の清兵衛一家の安次郎から耳にするに止まっていた。そしてそれとても、名だたる剣客となった竜蔵にする話ではないと、誰もが心得ているから、滅多に耳にする機会もなくなっていた。

そんな今の自分に寂しさを覚えていた竜蔵にとって、半次の話は実に興味深かった。

――だが、それなのにすぐに忘れてしまうとは、おれもつまらねえ男になったもんだ。

内心苦笑いしながら記憶を辿《たど》ると、半次が嘆く石上滋三郎という男は、腕利きの用心棒として、豪商に出入りしていた浪人らしい。

石上の凄《すご》いところは、その強さに加えて、用心棒仲間を駆使した情報力にあるそうな。

つまり、身の危険を覚えた物持ちが、石上に警護を依頼すると、石上はただ要人に引っ付いているだけでなく、その危険の正体が何か、その傍らで調べて解明するのだ。

そして、危険が迫る前に、相手がどんな刺客を雇っているのかを素早く突き止め、その時点で刺客を買収してしまうか、又は先制攻撃を仕掛けて打ち倒し、相手の本丸に迫るのである。

「これじゃあ、御用聞きの出番なんぞねえってもんで」

と、半次は言う。

これだけなら、石上滋三郎の存在は、決して悪とは言えないのだが、用心棒で得た金を、石上は巧みに食い詰め浪人達にばらまき、自分は神出鬼没の浪人軍団の元締になって、どうもよからぬことをしているようなのだ。

「色んな野郎が出てくるもんだな……」

竜蔵は半次の話を聞いて感心したものだ。

「八つぁんは、石上に会ったことがあるのかい？」

改めて八郎に訊ねると、

「会ったことはないが、見かけたことは二度ばかりあるよ。いずれも奴の仲間から用心棒の仕事を回してもらった時だ」

そうである。

八郎の話によると、たとえば賭場荒らしをしたり、田舎《いなか》大尽から金を強奪したりして江戸へ逃げ込んだ浪人達の多くは石上を頼り、金を渡して裏町の片隅に潜んでほとぼりを冷ますのだが、石上に任せておけばまず安全であるらしい。

「なるほど、河野喜平は金谷の宿で盗んだ百両を土産に駆け込むってわけだな」

「それに違いない。三十両も出せば一年くれえは身を守ってくれるそうだからな」

喜平は、おまさの父・杉蔵の財布も奪っているから、ほぼ百両は手付かずのまま残っているのであろう。

名を変え、身分も変え、そこで喜平はしばしば遊んで暮らすつもりに違いない。

「てことは、かなり厄介《やっかい》だな。石上の許に逃げ込めば、うめえことほとぼりを冷ますことができるんだろう」

「ああ、おまけに、次の逃げ場もみつくろってくれるそうだ」

「そんなら尚《なお》性質が悪い」

「だが、こっちも素人《しろうと》じゃあねえんだ。石上の許に駆け込んだのは間違いなかろう。そいつはわかっているんだから、どうってことはねえさ」

「石上は近頃、正体を現さねえんだろう」

「大よその目星はつくさ。金谷の宿では不覚をとったが、おれをなめちゃあいけねえや。あの借りはきっと返してやる。そうでなきゃあ気が済まねえ」

「まずどこをあたるつもりだ」

「そいつはお楽しみさ」

　八郎はニヤリと笑った。

「なるほど。そんなら楽しみにしておこう」

　竜蔵は、徳利の酒を自分の茶碗になみなみと注《つ》いだ。

　ここで目星を言ってしまえば、竜蔵がおまさと図って八郎を出し抜く恐れがあると八郎は思っているのだろう。

貴重な情報は、容易《たやす》く人に口外してはならないのだ。そこに八郎の裏道を歩いてきた凄みがある。

「竜さんを疑っているわけじゃあねえが、あの山猫が何をしてくるか、わかったもんじゃあねえからな」

「ふふふ、さすがの岩田八郎も、おまさには敵《かな》わぬか」

竜蔵は、小さく笑って酒を飲んだ。

八郎は首を竦《すく》めて、

「何よりもついていねえのは、あの山猫と出会ったことだよ。こっちは文無しだから仕方なく一緒にいるが、そうでなきゃあ、勝手に喜平の首を取りにいってるよ」

彼もまた自分の茶碗に酒を注いだ。

「まあそう言うな。父親を殺されたんだ。その助太刀をするとなれば、河野喜平を斬った後の面倒が少なくて済むぜ」

「なるほど。そいつはそうだな。だが竜さん、おれはあんたが一緒にいてくれて随分と助かるが、いくらあいつが哀れだといって、よく引き受けたね」

「ちょいと恰好《かっこう》をつけたことを言ってもいいかい」

「いくらでもつけてくんなよ」

「あの子は十五で父親を、知り合いの男に殺されたんだ。あの歳で、誰も信じられなくなったなら、あまりにもかわいそうだ。世の中には、俠気を持った男もいるもんだと、教えてやりてえじゃあねえか」

「なるほどねえ……」

「恰好付けすぎかい」

「いや、そういう好《い》い恰好はおれも好きだねえ」

「それに、このところ退屈でな」

「そいつは好い御身分だ。だが、おまさの奴、お前さんにきちんと用心棒代を払うと言っていたが、そんな金があるのかねえ。下手をすればただ働きだぜ」

「ふふふ、品川で金が入るあてがあると言っていたから、待ってみるよ」

おもしろずくで引き受けた用心棒である。金などもらう気もなかったが、それではやはり恰好の付けすぎだと思い、竜蔵は八郎の前ではそう言った。

　そしてその一方では、おまさはこの品川で金が入るあてがあると言ったが、それがどんなあてなのか。十五の娘がどうするのか――。

　竜蔵は楽しみでならなかったのだ。

翌朝。竜蔵は旅籠の女中から、おまさが出かけたとの報せを受けて、そっと彼女の跡を追った。

おまさの気性から考えると、竜蔵にも、八郎にも付合わせず、単身金が入るあてに向かうと思って、おまさが外出をしたら報せるよう女中に銭を握らせておいたのだ。

彼女は品川の宿場街を軽い足取りで通り過ぎて、弁財天の手前にある〝河内屋《かわちや》〟という一軒の妓楼《ぎろう》に入っていった。

外からそっと様子を窺《うかが》うと、

「旦那さんはいますかい」

おまさは臆《おく》することなく、出て来た女中に告げた。

「おや、お前は一人で来たのかい？」

女中は素頓狂《すっとんきょう》な声をあげた。妓楼に奉公に来た娘かと思ったのだ。

「藤沢の杉蔵の娘が来たと、そう取次いでくださいまし」

おまさはにこりともせずに言った。

十五の娘が訪ねてきたら、売られてきたのだと捉える。それしか能のない女中が、疎《うとま》しく思われたのだ。

女中は怪訝《けげん》な表情を浮かべたが、おまさの迫力に気圧《けお》されて、

「ちょいと待っておくれよ」

無愛想に言い置くと、河内屋の主《あるじ》に取次いだ。するとすぐに、赤ら顔をした四十絡みの男が出て来て、

「おう、おまさ坊か。よく来たね。まあ入りな」

と、おまさを迎え入れた。

どうやら主の居室は裏手にあるようだ。竜蔵は急いで妓楼の裏手に回り、生垣の陰から聞き耳を立てた。

河内屋の主は、口ではおまさを歓迎しているが、明らかに当惑の表情を浮かべているように見える。

「お父つぁんのことはもう知っていますよねえ？」

おまさは、決して怒るでもなく、詰《なじ》るでもなく能面のような顔を主に向けた。

「ああ、聞いたよ。大変だったねえ。いってえ誰がおやじさんを……。八つ裂きにしてやりてえよ」

主は憤慨したが、その物言いはどこかぎこちなかった。内心忸怩《じくじ》たるものがあるようだ。

おまさは何も言わずに黙って主を見ていた。

「いや、すぐにでも藤沢に駆けつけようと思ったのだが、ちょいとあれこれ外せねえ用が立て込んでいてね……」

「それには及びませんよ。小父《おじ》さんが忙しいのは百も承知ですから」

「すまなかったねえ」

「ただ、小父さんは子供の頃からあたしに、何かあったらいつでも言っておいでと、声をかけてくれたので無性に会いたくて……」

「そいつは嬉しいねえ。杉蔵のおやじさんには、ひと方ならぬ世話になったから当り前さ」

「食い詰めて藤沢で行き倒れているところを、お父つぁんに助けられ、しばらくの間店に置いてもらった上に、路銀までもらって、この河内屋さんに奉公ができるよう段取ってもらった。小父さんはそう言っていましたねえ」

「そうだったかねえ……」

「そうして河内屋さんの女将《おかみ》さんと夫婦になれた。それもこれもおやじさんのお蔭だから、おまさちゃん、いざって時は訪ねておいで、十や二十の金はいつでも何とかしてあげるよ。あたしにそう言ってくれました」

「そんなことも言ったかなあ……」

「二十は要りません。十、何とかしてやってくれませんかねえ」

おまさは淡々として言った。主は笑顔を取り繕《つくろ》って、

「そうかい。まあそれなら、とりあえずこれを持っていっておくれ……」

二両ばかりの金を包んで、おまさの前に差し出したが、

「あたしは、十、何とかしてくれと言ったんですよう」

おまさは、その金には目もくれない。

主は苦々しい表情を浮かべて、

「おい、お前、強請《ゆすり》に来たのかい」

と、一転してどすの利いた声を出した。

そっと窺う竜蔵は瞠目《どうもく》した。おまさはそれに怯むどころか、からからと笑い出したのだ。

「十や二十は何とかする。あんたが言ったことだろうが。今じゃあうまくたらしこんだ女将さんも亡くなって、十やそこらの金を出すのに何の苦労もあるまいに、出し惜しみするとは、小父さんも随分と人が変わってしまいましたねえ。あたしは藤沢の杉蔵の娘だよ。父と娘の香典に、十両包んでやってくれと頼んでいるんだよう」

おまさはそう言うと、手にした風呂敷《ふろしきづつ》包みから匕首《あいくち》を取り出した。

「な、何だいそりゃあ……」

主は、すっかりおまさの気合に呑《の》み込《こ》まれた上に物騒な物を見せられてたじろいだ。

「お父つぁんの形身の匕首ですよう。あたしは、こいつでお父つぁんの仇を討つつもりなんだ。そのための十両が欲しいんだ。それが叶《かな》わないんなら生きていたって仕方ないから、ここで喉を突いて死んでやるよ！」

おまさは片膝立《かたひざだ》ちになって匕首の柄《つか》に手をかけた。

「わかったよ！　おれの負けだ……」

主は大きな溜息《ためいき》をついた――。

やがて、おまさは十両を帯の間にしっかりとしまい、悠々と河内屋を出た。

すると表には峡竜蔵が待ち構えていて、

「おれの用心棒代ができたみてえだな」

ニヤリと笑った。

「旦那、付いていてくれたんですか？　ふふふ、恥ずかしいところを見られちまいましたよ」

おまさはすべてを悟って苦笑いを浮かべた。

「一声かけてくれりゃあ、端《はな》から傍にいたものを」

「旦那を連れていったら、本物の強請になっちまいますよ」

「なるほど、そいつは道理だ。お前はほんに大した娘だよ」

竜蔵はつくづくと感心すると、

「そんなら姐さん、参りやしょうか」

おまさにぴたりと付き従って、旅籠に戻ったのである。

四

「その十両は、お前が見事に本懐を遂げるまで、預けておくよ」

竜蔵は、おまさにそう言って用心棒代を受け取らなかった。

そうして、その日のうちに宿を発ち、岩田八郎の先導で、いよいよ江戸へ向かった。

ここから東海道沿いの道を行くのだが、竜蔵はさすがに芝田町《しばたまち》から金杉通《かなすぎどお》りを抜ける道中、誰かに会うのではないかと、内心冷や冷やのし通しであった。

「竜さん、そう急ぐんじゃあねえよ……」

つい歩みが速くなる竜蔵を、先導する八郎は何度も窘めたが、相変わらず河野喜平の心当りは口にせず、麻布《あざぶ》の方へ向かって道を行く。

おまさはそれが気に入らない。

「もったいをつけるんじゃあないよ」

道中、何度も八郎につっかかり、

「おれの指図に従うと決めたはずだぜ」

と、はねつけられていた。

その苛々が募ってきたのか、四の橋を過ぎた辺りで、

「ふん、まったくしみったれた野郎だねえ」

おまさは八郎をからかうように言った。

「何だと……」

八郎の顔付きが変わった。八郎自身、いい大人が年端《としは》もいかぬ娘の懐を当てにしないと河野喜平への仕返しが出来ぬことに、内心情けない想いをしていたのだろう。

「おれをしみったれと言やがったな」

その言葉が引っかかった。

「しみったれじゃあないか。うっかりと喜平についての目星を口にしたら、あたしと間島の旦那で片が付いちまう。そうすりゃあ、金に困っちまう。なんて思っているんだろう。そんな物の考えをする奴は、しみったれだと言っているんだよう」

「手前、好い気になるんじゃあねえぞ！」

おまさの言うことが、随分と的を射ているだけに、八郎の怒りが爆発した。

「おい、喧嘩はよさねえか」

竜蔵が間に入ったが、こうなると八郎は収まらなかった。

「ふん、しっかり者のつもりだろうが、所詮《しょせん》は手前一人で親の仇が討てねえくせしやがって、大人をなぶるんじゃあねえや！」

八郎は、おまさをぐっと睨みつけた。

彼とて、何度も修羅場を潜《くぐ》ってきた浪人である。その剣幕にさすがのおまさも黙ってしまったが、

「竜さん、すまねえが、おれは抜けさせてもらうよ」

八郎はとうとう勝手に歩き出した。

「おい、八つぁん、文無しでどうするつもりだよう」

竜蔵は呼び止めたが、

「いざとなりゃあ、押借りでも斬取《きりと》りでもしてやらあ。小便たれ、手前のせいだからな！」

八郎は、有無を言わさず駆け去った。

「おいおい。どうするつもりだよ……」

竜蔵は、うんざりした顔でおまさを見た。

「奴は目星をつけていたってえのに。これでこっちは一からやり直しじゃあねえか。まったく、おれもいつまでも付合ってられねえからな」

しっかり者で、十五にして世の中の表裏をわかっているおまさであるが、やはりこんなところは堪《こら》え性《しょう》のない子供だといえる。

「あんな野郎がいなくったって、何とかなるさ。もったいをつけていたが、江戸でちょいと方々当たりゃあ、仇の居どころくらい思いの外、すぐに目星がつくかもしれないよ。間島の旦那くらい強いお人なら、それくらい何とでもなるだろう？」

しかしおまさは、まるで落ち込まず、どこまでも前向きである。

竜蔵は困ってしまった。岩田八郎とおまさの助っ人をするくらいなら容易いものだと思ったのだが、こんな展開になろうとは――。

峡道場には内緒でうろついているお節介である。いつまでもおまさに付合ってはいられない。

それでも言われてみれば、河野喜平の行方は意外とすぐに目星がつくような気もしてきた。おまさにはそういう運気が漂っている。

――仕方がねえか。

竜蔵は編笠《あみがさ》を目深《まぶか》に被《かぶ》り、おまさを連れて、芝口《しばぐち》の料理茶屋へ入り、女中に心付けを渡して、少し所用を足す間、ここでこの娘を待たせてやってもらいたいと頼むと、

「ここを動くんじゃあねえぞ。おれはちょいと、目星を仕入れに出てくるぜ」

おまさを置いて、浜松町《はままっちょう》へと単身向かった。

「きっと戻っておくれよ……」

珍しくおまさは弱気になったが、

「大人しくしてりゃあ、おれは岩田八郎のように逃げたりはしねえよ」

竜蔵に言われると、黙って頷いた。

――おれは何をやっているんだ。

己《おの》が余りの物好きに、竜蔵は自分自身に呆《あき》れ返《かえ》っていた。向かう先は一軒の煙草《タバコ》屋である。屋号は〝丸半《まるはん》〟、ここを切り盛りしているのは、これもまたお政という。網結の半次の女房であった。

「あら。これは先生……！」

お政《まさ》は、竜蔵の俄《にわか》なおとないに驚いたが、

「すまぬが内聞に頼む。親分を呼んでくれぬかな」

十五のおまさと話すうちに、ふと〝丸半〟の年増のお政を思い出した。かくなる上

は網結の半次にすべてを話して助けてもらうしかないと思ったのである。

お政が若い者を走らせ、すぐに半次がやって来た。

「ははは、先生はそうでなくちゃあ、おもしろくはありませんや」

一通り話を聞くと半次は嬉しそうな顔をして大いに笑った。

「親分、頼むよ。今度のことは……」

「内緒にしときますよ」

「すまぬ。通りすがりに助太刀をしたってことにしといておくれな」

「ようございますが、そういう嘘《うそ》はすぐに知れちまうでしょうね」

「そうだな……。まあとにかく旅の続きを江戸で果すまでは、道場には戻らねえようにするよ」

「へい、承知しました」

半次は、竜蔵と秘事を共有するのが楽しそうである。

「で、親分。石上滋三郎のところに、河野喜平という野郎が逃げ込んでいるみてえなんだが、こいつの行方はわかるかねえ」

「大よその見当はつきますぜ」

「本当かい？　さすが親分だ。助かったぜ」

竜蔵は胸を撫《な》で下《お》ろした。

「いえ、先生、助かったのはこっちの方かもしれませんぜ。石上の野郎は、今まで大物の用心棒をしていたので、方々に顔が利きやしてね。こっちもなかなか奴の尻尾《しっぽ》を摑めなかったんでさあ。ですが、仇討ちとなりゃあ、その河野喜平と一緒にいるところを狙《ねら》えば、先生に石上をぶった斬《ぎ》ってもらうことだってできますぜ」

半次は身を乗り出した。

「よしわかった。そんなら親分、大よその見当ってやつを教えちゃあくれねえかい。そっと当ってみようよ」

あくまでもおまさの仇討ちから始めなければならない。竜蔵は、半次を巻き込むつもりはなかった。

「そんなら申しましょう。先生に抜かりはねえだろうが、石上滋三郎は凄腕《すごうで》ですし、仲間もいる。くれぐれもお気をつけなすって……」

半次は真顔となって、自分が摑んでいる情報を告げた。

竜蔵は小躍りして、料理茶屋に残してきたおまさを連れて、向かった先は内藤新宿《ないとうしんじゅく》であった。

このところ、石上滋三郎の姿を何度もここで見かけたという下っ引きからの報せが半次の耳に入っていた。

太宗寺《たいそうじ》横町《よこちょう》の路地裏には、むくつけき男達が出入りしている酒場が何軒かある。そこは、いずれも酒が美味く、安い銭でしっかりと飯が食えるので、人足《にんそく》、車力《しゃりき》、駕籠《かご》屋、米搗《こめつ》きなどが自ずと集まって来るのだ。

そうなると、こういった類《たぐい》の荒くれしか店にはいつかなくなるから、日頃ここにいれば、世間の目から逃れやすい。

石上滋三郎はそこに目を付けて、稼いだ金を注ぎ込んで何軒もの酒場を造り、横町の一画を役人の目が届かぬ狼の巣に仕立てたのだ。

半次の話によると、河野喜平はここに紛れ込んでいるのに違いない。

「さすがは間島の旦那だねえ、あの酔っ払いがいなくなったってどうにでもなるってことがはっきりとしたよ」

おまさの鼻息が荒くなった。

「まったく、あんな野郎に関わったのが間違いだったよ」

そして散々に岩田八郎をこき下ろした。

「岩田八郎のことはもううっちゃっておきな。とにかく、河野喜平の姿を見かけたからといって、下手に騒ぐなよ。奴には石上滋三郎っていう腕利きが付いている。取り逃がしたら、後々面倒だぜ」

まずはじっくり相手の動きを見るのが大事だと、竜蔵は戒《いまし》めた。おまさが手にしている風呂敷包みの中には父・杉蔵の形見である匕首が潜んでいる。

「そいつは滅多に抜くんじゃあねえぞ」

おまさは神妙に頷いた。そして、彼女もまた菅笠《すげがさ》を目深に被って、竜蔵と共に横町へ出かけた。

竜蔵は、まず太宗寺の境内を探索し、木立の中に横町の通りが窺える場を確保した。そこに一旦おまさを配して、自分は横町を通り過ぎた。

昼間というのに、仕事にあぶれた者や、初めから働く気もなく飲んだくれている荒くれが行き通っていた。

通りには、〝えびす〟〝だいこく〟〝びしゃもん〟の名で、同じような居酒屋が方々に建っている。これが石上が出している店のようだ。

──なるほど三つの店が、この通りを随分と歩き辛《づら》くしているぜ。

堅気の者なら、まず足を踏み入れたくない一画に仕上がっている。

一通り歩くと、竜蔵は木立に潜むおまさの許に戻った。

「旦那、どうでした？」

藤沢で荒くれには慣れているおまさである。境内の垣根越しに通りを眺める表情にはまったく怯《おび》えがない。

「おれの見たところじゃあ、身を隠しにここへ来ている野郎が何人かいるようだ。近頃、石上はこの辺りに力を入れているってえから、喜平が潜り込んでいたっておかしくはねえよ」

考えようによっては、路地が狭く建物が密集しているから、ここに潜んでいるなら、かえって見つけ易いはずである。

「今日のうちに見つかるかもしれねえな」

そうあってほしいものだと竜蔵は思った。

二、三日付合って成果があがらねば、一旦道場に戻ってから仕切り直すしかないが、間島竜三郎などという旅の浪人だと名乗ってはいられなくなる。綾や竹中庄太夫に事情を説明するのも面倒であった。

気は焦れど、しばらくはおまさが、通りを行く者の中に喜平を見つけるのに付合うしかない。

「河野喜平は、まさかお前が仇を討ちにここまで来ているとは思っておらぬだろうな」

竜蔵は、ぽつりぽつりと話しかけた。

「あたしが、今わの際のお父つぁんから、喜平の名を聞いたってことも知らないだろうね」

「なるほど。そうかもしれねえな」

喜平は杉蔵を手にかけた後、人の気配に逃げ去ったが、杉蔵にまだ息があったとは知らなかったとも考えられる。

となると、殊《こと》の外《ほか》のんびりとここで酒食を貪《むさぼ》り、宿場の女郎達とよろしくやっているかもしれない。そこに隙があるはずだ。

「だがよう。お前のお父つぁんは、お前に仇討ちまで望んじゃあいねえだろうに」

竜蔵の問いかけに、おまさはしばし黙りこくった後、

「あたしはもらい子なんですよう」

通りを見ながら、ぽつりと言った。

旅の女が産気付いて藤沢で子を産み落としたが、父親の名も告げぬままに死んでしまった。それを杉蔵夫婦が引き取り、育ててくれたのだという。

「育ての親というのは、生みの親よりも恩が深いと、あたしは思うんですよ」

おまさは、報恩《ほうおん》に対するものの考え方も老成している。情を交わしたわけでもない女が産んだ子を、育てる面倒だけ引き受けてくれたのだから、これほどの恩はないというのだ。

「そうだな……。お前の言う通りだ。だから命を張らねえと気が済まないんだな」

おまさはにっこりとして頷くと、

「あの野郎だけは許せない……」

すぐに表情を強張《こわば》らせた。

「おまさ坊、おれはこの先江戸へ出て一旗揚げるつもりだ。落ち着いたら便りをするから江戸へ出て来いよ」

喜平はそんな話をおまさにしたという。

「調子の好いことばかり言やがって、その舌の根も乾かないうちに、奴はお父つぁんを殺しやがったんだ」

話を聞くと、竜蔵はおまさの助太刀をしてやることに大きな意義を覚えてきた。

この先、手間がかかったとしても、峡竜蔵として助けてやろう。話を聞けば、綾も門人も決して竜蔵の物好きだとは思うまい。

「あ……！」

その時、おまさが声をあげた。

「どうした？　ひょっとして……」

「似た男がいる……」

おまさが木陰から指でさし示した。

「あの浪人がそうなんだな」

横町の通りを一人の浪人が、ゆったりとした足取りで歩いている。四十前。着流しに刀を落し差しにして、懐手をしている姿はこざっぱりとしていて、荒くれ達の中にあってなかなかに目につく。通りの酌婦達をからかう様子も堂に入り、細面で色白の面体は、もて男を気取っている。

「おまさ、しっかり笠を被っておれについてこい。まずどけえ行きやがるか見届けようぜ」

竜蔵は、境内の木立を出て、細い路地を抜けて通りを窺った。

「あの浪人に間違いない……」

十間（約十八メートル）ばかり前を行く喜平らしき浪人を見つめて、おまさは呟《つぶや》いた。二人は俄然《がぜん》活気付いた。

しかし竜蔵がおまさを促し、通りを出た時、いきなり浪人が全力で駆け出した。

「ま、待て！　おのれ逃がさぬぞ！」

前方から、喜平と思しき浪人の跡を追って、また一人浪人が竜蔵とおまさの前を駆け抜けた。

追う浪人の声には聞き覚えがあった。

「あの馬鹿……」

おまさが歯嚙《はが》みをした。この浪人は、岩田八郎であった。

竜蔵達と別れた後、八郎もまた内藤新宿に目星をつけてやって来たのであろうが、敵を追うのには余りにも策が無さすぎる。

竜蔵はおまさと二人で、さらにその跡を追ったが、あからさまに追いかけると八郎の仲間と思われて、喜平に存在を気取られてしまうので、走るのも控え目になる。

遠望すると、喜平らしき浪人は、居酒屋の一軒〝えびす〟に逃げ込んだ。やがて駆け付けた八郎が中へ飛び込み、

「おい！　今浪人が入っただろ！　どこへ行きやがった！」

と、叫ぶ声が聞こえたが、

「落ち着けってんだよ」

竜蔵は溜息をついた。石上滋三郎がやらせている居酒屋である。逃げ込めばどこか

逃げ道に繋《つな》がるように出来ているのだろう。

やがて店の主と女中、五、六人の客達と揉み合いながら通りに出て来る、岩田八郎の姿がはっきりと見えた。

五

「まったく、どうしてくれるんだよう」

おまさが嚙《か》みついた。彼女の前には岩田八郎がいて、言い返す元気もなくうなだれていた。その横で、峡竜蔵は先ほどから苦虫を嚙みつぶしたような表情で腕組みをしている。

八郎の勇み足で、河野喜平にはまんまと逃げられてしまった。喜平は勝手知ったる〝えびす〟の裏手へと出て、雑踏の中に身を投じ、こんな時のために予め打合せてあった逃亡の仕方に則《のっと》って姿を消したのであろう。

竜蔵は、おまさを四谷の法光寺《ほうこうじ》へと行かせ、とぼとぼと内藤新宿を後にする八郎を捕えて武家屋敷街を駆けた。喜平の仲間が八郎を襲うことを恐れたのだ。武家屋敷街の整った道ならば、追手の有無がわかり易いし、この辺りには泣く子も黙る火盗改方の御先手組屋敷なども建ち並んでいる。もし、八郎の跡をつけている者があったとしても深追いはしてこないだろう。

そして、安全を確かめてから竜蔵はおまさと法光寺で落ち合ったのだ。

「やっぱりあんたと会ったのがいけなかったよ」

おまさはぼやきが止まらない。

「うるせえ！　奴はおれにとっても敵《かたき》なんだ。どうやって追いかけようがおれの勝手だろうが」

八郎は、自分と離れたら河野喜平の探索は容易ではないだろうと、内心おまさを嘲笑《あざわら》っていたのだが、おまさもまたすぐに内藤新宿に目星をつけていたと知り、まるでよい面の皮であった。

おまさは気色ばんだが、

「言い争っていても始まらねえよ」

竜蔵に言われると素直に黙った。

「そもそも足並が揃《そろ》わなかったのがいけなかったのさ。八つぁん、この先はまたやり直しだが、また三人で追いかけないかい？」

竜蔵は、八郎を誘ったが、八郎はそれには応えず、

「竜さんは大したもんだな」

「大したものなど何もないさ」

「いや、同じ浪人でもおれとは格が違うよ。おれも駿府《すんぷ》で浪人の子に生まれたが、これでも剣術道場での出来はよかったんだよ。田舎の町でも好い。いつか己が道場を開いて、百姓や町の者にも剣術ってえのは楽しいもんだと教えながら、歳をとっていく……。そんな夢を見ていたこともあったんだぜ。だが修行が足りなかったんだな。喧《けん》嘩沙汰《かざた》ばかり起こしてしまって、いつの間にやら用心棒暮らしだ。だが、竜さんのようにどっしりと構えて、いかにも頼りになりそうな用心棒にもなれなかった。賭場を荒して金をせしめようとして、その金を持って逃げられるとは、馬鹿もいいところだ。だが、馬鹿なおれにも武士の一分というものがある。そこの跳ね返りと一緒に敵を討つつもりはない。竜さん、ありがとうよ」

八郎は立ち上がると歩き始めた。

「ちょいと待ちなよ」

「おれを止めても無駄だぜ」

「止めはしねえが、今度会ったら助けてくんな。こいつはその時の礼金の前渡しだ」

竜蔵は、懐から一分ばかりの金を取り出して八郎に手渡した。

「竜さん……」

「いいから取っといてくれよ」

「忝《かたじけな》い……」

八郎はそれを押し戴《いただ》くと、小走りに去っていった。

「あんな奴に恵んでやることはなかったのに」

おまさは舌打ちをした。

「そんな口を利くんじゃあねえや！　いつ何時誰の助けを受けるかもしれねえんだぞ」

竜蔵はぴしっと叱りつけた。おまさも大きな口を叩いても、竜蔵が頼りなわけで、

「あんな奴に助けてもらうことはないさ……」

ぶつぶつと言った。

「とにかく、おれ達はまだ顔を知られていないはずだ。このまま内藤新宿に宿をとって、次の手を考えよう」

まだ河野喜平は遠くに行っていないはずだが、一旦町中に紛れてしまえばどうしようもない。こういう時は、諦《あきら》めて仕切り直した方が好いはずだと竜蔵は考えた。

――そうして、網結の親分にもう一度繋ぎをとるか。

思えば半次が峡道場の門人になってから十二年ばかりが経《た》つが、こんな時はいつも

頼りにして、どれだけ助けてもらったことだろう。つくづくと感じ入りながら平旅籠に部屋をとり、おまさを休ませ一人で策を練っていると、驚いたことに竜蔵に来客があると女中が告げた。

その客は、国分の猿三であった。

「どうしてここを……」

竜蔵は目を丸くして部屋に迎えたが、すぐに目を見開いて、

「まさか、網結の親分が……」

と、嘆息した。

「まあ、そんなところで。親分も随分前から石上を追いかけておりやしたからね」

「まったく、このおれも親分方には敵わねえや」

おどけてみせるしかなかった。半次は竜蔵と話をしてから、すぐに猿三達乾分《こぶん》を配して、あの横町一帯を張っていたのであろう。

そして、竜蔵の動きもそっと見守ってくれていたのだ。

「で、河野喜平の行方はわかったのかい？」

「いえ、生憎まんまとまかれちまいました」

喜平らしき浪人は〝えびす〟から裏手へ出たところまでは認めたのだが、迷路のよ

うな細い路地を駆け抜けるうちに、宿場の通りを行き通う駕籠、荷車に紛れてしまったのだ。

「石上もそこは考えてやがるな」

「ですが、次の目星はついておりやす」

猿三は胸を張った。石上は近頃、下雑司谷町《しもぞうしがやまち》の百姓地に続く閑静な一隅に小さな寮を借りているらしい。

ここには屈強な浪人が二、三人常に寝起きしているようで、一旦そこへ逃げ込んだのに違いないと半次は見ているのだ。

「先生のお話では、その河野ってえのは、百両の金をせしめているようで、石上にとっちゃあ上客ですからねえ」

逃がしたり匿《かくま》う度に、十、二十と金を吸い上げ、その替わりに安心と心地よさを保証するのが石上のやり方である。

「よし、そんなら今宵《こよい》の内に乗り込んでやる。こいつはあくまでも、仇討ちの助太刀をしに行くんだ。手は出さねえようにしてくんな」

「へい。そうしてくださると、あっしらも動き易うございますが、先生、お気をつけなすっておくんなさいまし」

「ああ、わかっているよ。時に、おれと別れていった浪人がいたのを知っているな」

「へい。あの勇み足のご浪人でございましょう」

「そうだ、その勇み足だ。どんな様子だった？」

「あっしの乾分達の話では、寂しそうに千駄ヶ谷《せんだや》の百姓の家を訪ねたそうですぜ」

「そうかい……」

恐らくそこが、岩田八郎の江戸での立廻り先のひとつなのだろう。身内に逸《はぐ》れた年寄りの百姓に小遣い銭を与えて、宿《やど》りにしているのに違いない。

「奴にもそのうち付きが巡ってくりゃあいいんだがなあ……。それにしても、どこまでも行き届いているねえ、猿三親分……」

おだてつつ、そっと見張られていることに気付かぬとは、まだまだ修行が足りぬと自らを戒めて、竜蔵は猿三に先導を頼むと、おまさを連れて雑司谷へと向かったのである。

六

竜蔵とおまさの遥《はる》か前を猿三が行く。

二人はその跡を付けて足早に歩いた。

さすがのおまさも緊張を隠せなかったが、竜蔵に全幅の信頼を置いて、相変わらず気持ちはしっかりとしていた。

「旦那、十両なんて目腐れ金で、よく引き受けてくれましたねえ」

おまさは旅籠を出る時に、品川の妓楼でせしめた十両を無理矢理竜蔵に手渡していた。

「お前こそ、藤沢の家を始末して、やっと手に入った十両をおれに渡して、よくここまで来たもんだ」

竜蔵は日暮れてきた空を見つめながら、おまさの義侠《ぎきょう》を称えた。

「だがよう。ひとつ気になるのは、何故、河野喜平は、お前の家へ立ち寄ったんだろうな」

竜蔵はそれが気になっていた。

金谷の宿で百両もの大金を手に入れたのだ。

わざわざ杉蔵を殺して財布など奪って逃げずともよかったものを――。

「行きがけの駄賃ってところじゃあ、ないんですかねえ」

おまさは、大人びた物言いで応えた。

石上滋三郎の許に逃げ込むには、それなりの金が要る。少しでも金を手にしたいと思っていたのではなかったかと言うのだ。

あの夜、何かの話で喧嘩口論となり、思わず殺害に及び、懐の財布がなかなかに重たかったので奪い取ったのに違いない。そういういじましい奴なのだと、おまさは切り捨てた。

「なるほど……」

どこか釈然としなかったが、喜平が岩田八郎の姿を見て逃げたのは確かであるし、おまさ、八郎の話から浮かびあがる喜平は、真に〝嫌な〟悪党である。

竜蔵にも闘志が湧き上がってきた。

「それにしても、間島の旦那はいったいどういう人なんだい。江戸にいっぱい乾分がいて、何でもお見通しじゃあないかい」

おまさは、それが気になるようだ。竜蔵が一声かければ相手が誰であろうと情報が知れる――。これはただ者ではなかろう。

二人を案内する猿三が竜蔵の手の者だとわかるので尚さらだ。

「誰というほどの者でもねえさ。ただの浪人者で物好きで……。だがな、色んな奴にお節介を焼いたが、お前みてえな俠気のある小娘は初めてだよ」

「ふふふ、世話の仕甲斐があるねえ」

「どこまでも小癪な小娘だ……」

遠くを行く猿三が立ち止まり、提灯に火を入れると、それをぐるりと回して立ち去った。

その前に建っているのが、石上の寮であるらしい。猿三の話では、石上滋三郎は確かに今宵はここにいて、河野喜平らしき男も、既に確かめてあるという。

竜蔵は、おまさと共に寮へと歩みを進めた。

右手は畑が続き、左手は町家に続く松の並木道である。

「おれが呼ぶまでここにいろ」

竜蔵はおまさを並木道から少し離れてそそり立つ松の陰に潜ませて、風呂敷包みから匕首を出すと、小さな手に持たせた。

「いいか、おれはお前の用心棒だ。お前を死なせるわけにはいかぬ。動くなよ。動いたら尻を叩くからそう思え」

竜蔵はニヤリと笑って、灯《とも》が点り始めた寮の枝折戸に取り付くと、そっと中へと入っていった。

「河野さん。面倒は困りますよ」

河野喜平に苦言を呈したのは石上滋三郎である。用心棒稼業を極めたこの男は、意外や喜平同様、細面で痩身の武士であった。

かつては一刀流を極めた剣客であったそうだが、親の代からの浪人暮らしで、用心棒に糊口《ここう》の道を求めつつ、剣術道場に通う日々を送った。しかし、用心棒の口がひっきりなしにかかるようになると、剣客の修行が疎《おろそ》かになった。

暮らしを補うつもりで始めた内職が、いつしか本職に変わっていく。よくあることだ。

用心棒をすると、雇い主の贅沢《ぜいたく》な暮らしをまのあたりにする機会が多い。清貧にいそしみ本分を成さんとする気持ちは、実利の誘惑によって薄れていくのだ。

本末転倒とはこのことだが、世の中にはあらゆる縁が巡っているから、その転身が吉と出る場合もある。

とはいえ、石上の場合はただ物欲と享楽《きょうらく》につられての用心棒稼業への転身である。人の欲には限りがない。あれこれ手を広げるうちにきめの細かさがなくなり、やがて綻《ほころ》びが出る。

そして勢いがあるうちは、それに気付かない。今の石上がそれである。

「いや、面目ない。だが今も話したように、奴は岩田八郎という旅の浪人で、取るに足らぬ者ゆえ、大したことはありませんよ」

河野喜平はうそぶいた。二、三日、ここに置いてもらえれば、岩田八郎も諦めるであろう。そう言うのだ。

「だが、岩田八郎は内藤新宿まで追って来た。なかなか抜け目のない奴だと思うが……」

「今思えば、金谷の宿で博奕打ちに、石上先生の世話になるのだと、うっかりと自慢をしてしまいました」

そこを岩田は嗅《か》ぎ廻《まわ》って、内藤新宿に辿り着いたようだと喜平は見たが、

「なに、文無しでは仲間を雇うこともできますまい。ここへのこのこやって来るようなら、その時は寮の中へ誘い込んで、息の根を止めてやりますよ。その時は先生、どうぞよしなに。無論、お代は払います」

喜平は調子よく、石上を持ち上げた。剣客の道から逸れた石上にとって、〝先生〟と呼ばれるのは、照れくさくもあり嬉しくもある。いずれにせよ悪い気はしない。

金谷の宿で百両ふんだくったという話を聞くと喜平には才覚はある。この先、うまくこ奴を使えればという気にもなってくる。そして、喜平もそれを望んでいた。

こうして悪党は数を増していくのであろう。

「それにしても先生。ここはよいところですねえ。用心棒稼業に身を置く者にとっては、先生のような生き方にただただ憧《あこが》れるばかりだ……」

喜平は再び追従すると、まだ寒い春の風に当らんと、今石上滋三郎と会っている中庭に面した一間の縁に立った。

すると、庭先から一人の浪人が寄って来て、

「河野喜平殿、お気をつけられよ……」

と、声をかけた。

石上と喜平は二人共に、浪人に怪訝な目を向けた。余りに堂々としているので、手下の一人かと思ったが、どうも違う——。

その正体は、もちろん峡竜蔵で、絶妙の間合で近付くと、竜蔵は喜平の足に抜き打ちをかけた。

「な、何をしやがる！」

電光石火の早業に、かわす間もなく、喜平は右足の膝上をざっくりと斬られ、その場に屈《かが》み込んだ。

「おのれ……」

石上は、刀架の太刀を手にして身構えた。

たちまち急を覚えて、手下が一人現れて、庭から竜蔵を睨みつけた。他に手下は二人いるはずだが、既に一人は枝折戸を入ったところで、竜蔵に当て身をくらわされ、庭の隅で己が刀の下げ緒で手首と足首を縛りあげられ転がされていた。

「河野喜平、おのれは藤沢の宿で、杉蔵なる煮売り屋の主を手にかけ殺害《せつがい》いたしたであろう」

竜蔵は、淡々と口上を述べた。

喜平はその問いには応えず、

「お、お前は何者だ！」

「仇討ちの助太刀よ。おう！　お前らもこの野郎に助太刀するなら、相手になってやるぜ」

竜蔵が、石上と手下の一人を睨んだと同時に、手下が竜蔵に問答無用の一刀を繰り出した。情け容赦なく斬り倒さんとする、手練《しゅれん》の攻めであったが、峡竜蔵の円熟の境地に達した剣技にかかると、その太刀は苦もなく撥《は》ね上げられ、小手を斬られ、右足を斬られ、手下はその場にのたうった。

石上は、さすがに修羅場は潜っている。この間、悠然と袴《はかま》の股立《ももだ》ちを取り、下げ緒で襷《たすき》を十字に綾なした。

竜蔵は静かに構え直す。と、その時に手違いが起こった。外で待っているはずのおまさが、残る一人の手下に捕えられ、引き出されて来たのだ。

「放しやがれ素浪人！」

暴れるものの、逃げられぬおまさは竜蔵を見て、

「許しておくれ……」

と、うなだれた。おまさは待ち切れずに寮を覗《のぞ》いたところを捕えられたのだ。喜平はやっと様子が呑み込めて、

「おまさ……。お前が企《たくら》みやがったか！」

と、罵った。

「やかましい！　よくもお父つぁんを殺しやがったな！」

おまさは再び暴れたが、手下が容赦なく殴りつけ、ついにぐったりとした。それでも気丈に、

「旦那、あたしに構わず、この野郎を斬っておくれ……」

と、声を絞り出した。

「刀を捨てろ」

石上は低い声で竜蔵に言うと、庭へ降り立った。

──困った山猫だ。

しかしこんな窮地を切り抜けてこその峡竜蔵であると、まず刀を捨てようとした時であった。

「うむ……！」

おまさを押さえていた手下が前にのめった。背後から突如現れた浪人に、棒切れで後頭部を殴られたのだ。

「この小便たれが！　うろうろするんじゃあねえや！」

おまさを救《たす》けて竜蔵の傍へ寄ったのは、岩田八郎であった。あれから竜蔵が猿三に頼んでここへ来るよう繋ぎを取ったのだ。

「ああ、この旦那、初めて頼りになったよ……」

相変わらずの憎まれ口であるが、おまさの目には涙が浮かんでいた。

「おのれ……」

石上は抜刀した。一流の用心棒だけのことはある。実戦向きの攻め辛い平青眼《ひらせいがん》に構え、竜蔵に対峙した。

「やめとけ……。この馬鹿と心中する気か」

竜蔵は太刀を右肩に担いだまま言った。

「お前はしっかりと用心棒を務めていりゃあいいものを、欲をかくからこうなるんだ。言っておくが、内藤新宿の酒場もこの寮も、もう御上には目を付けられているんだぜ」

「それゆえどこかへ逃げろとでも申すか」

「用があるのは、この野郎だけだ。すぐに江戸から出て行くと言うなら、見逃してやってもいいぜ」

「それは悪い話でもないが、おれはおぬしと立合いたくなった」

石上は、魔に取り憑《つ》かれたように言った。

竜蔵は嘆息した。今、竜蔵が配下の一人を二太刀で動けなくした技をまのあたりにして、眠っていた剣客の血が騒いだのであろう。

「困ったものだな……」

石上は己が油断を悟った。いとも容易く河野喜平の居所を探り当てられたからには、竜蔵が言うように、役人達は自分に目を付け、いつか尻尾を出す時を狙《ねら》っているのであろう。

逃げたところで追手はかかろう。

それならば、この三人を返り討ちにして、立派に悪の華を咲かせ、己が剣の強さを確かめてみたい。たとえ斬り死にしても――。

「まず名を聞こう」

石上は、岩田八郎には目もくれず問うた。

「直心影流・峡竜蔵」

竜蔵は、最早これまでと本名を名乗った。

「峡竜蔵……」

意識のある者は皆、唖然《あぜん》とした。

「間島竜三郎じゃあなかったのかい……」

と、おまさ。

「名のある剣客だったのかい……」

と、八郎。

「直心影流・峡竜蔵？　おぬしが噂の……」

石上は目を見開いた。

「そうであったか。ならばますます立合いたい」

剣客から逸れた石上滋三郎にとって、名だたる剣客は目障りであり、憧れでもある。

そして、何するものぞという敵愾心《てきがいしん》が沸く。

「やめておけ……」

「逃げるのか、峡竜蔵」

「どうしてもやるってえのか。ああ、面倒だなあ……」

竜蔵は、うんざりした顔をすると、太刀を左手に持ちかえ、右手で岩田八郎が手にしていた棒切れを持ったかと思うと、いきなり石上に投げつけた。

「な、何を……!?」

たじろぎつつこれをかわす石上に、竜蔵は猛烈な勢いで打ち込み、峰で肩を打ち、続いて胴を打った。

「ひ、卑怯《ひきよう》な……」

唸《うな》る石上に、

「やかましいやい！　都合の好い時だけ剣客に戻るんじゃあねえや！　お前なんかとまともに立合うほど、おれの剣は安かねえんだよ」

竜蔵は一喝を浴びせた。それが聞こえたかどうかの間で、石上は地面に伸びた。

「おまさ、八つぁん、黙っていてすまなかったな。まあ、おれも色々と窮屈な身なのさ」

竜蔵はぽかんとして見ている二人に、片手拝みをしてみせて、

「さて、おまさ、いよいよだな。八つぁん、お前さんも恨みを晴らす時がきたな」

足を斬られて動けなくなっている、河野喜平をじっと見据えた。

おまさと八郎は我に返って頷いた。

「お父つぁんの形見だろ」

八郎は、おまさの手に、一旦は奪われた件の匕首を握らせた。

途端、喜平が笑い出した。

「おまさ、お前はおれを斬れねえ」

「何を言やがる！」

おまさは匕首を抜いた。

「ふふふ、斬れねえ理由《わけ》があるんだよ」

「理由なんかあるもんかい！」

喜平はしたり顔で、

「お前、生みの親を殺す気か？」

「何だと……」

「おれがあの薄汚ねえ煮売り屋にわざわざ寄ったのは、お前に会いたかったからだよ」

「いい加減なことを言うんじゃあないよ！」

「その頃おれは、おせつという宿場女郎をさらって藤沢に逃げていた。昔、旅先の出入りで杉蔵を助けてやったから、それを恩義に思って匿ってくれたわけだ。だがおせつは子供を生むとすぐに死んじまった。おれに子供を育てられるわけもねえ。それで、杉蔵が引き取ってくれた。それがお前だよ」

「黙れ！」

おまさは青い顔をして叫んだ。

「だが、おれはお前を忘れたことはなかった。いつも気になっていたよ。だから顔を見に行ったら、杉蔵の奴、〝おまさに近付くな。これをやるから出ていけ〟そう言って財布をおれに渡しやがった。そうしておれをあんまり詰るから……。ふふふ、とにかくおれはお前の父親なのさ。親を殺していいのかい」

喜平は杉蔵を殺したとは、はっきり言わず、不敵に笑った。

おまさはしばし正気を失ったが、やがて喜平以上に笑って、

「お父つぁんは今わの際に、お前の名を言ったんだ」

「何だと……」

「あたしがお父つぁんを見つけた時、お父つぁんはまだ息があったんだ。そうして、

あたしにお前にやられたと言ったのさ。もし、お前が本当にあたしの父親なら、お父つぁんはお前にやられたとは、言やしないさ。それが藤沢の杉蔵なんだよ！」

言うやおまさは、喜平に匕首を振り下ろした。

「うッ……」

その一刀は喜平の喉を切り裂き、喜平の声を奪った。

「よし、その意気だ！」

八郎は、おまさの体を支えてやり、

「河野喜平！　覚悟しやがれ！」

おまさの手を取って、匕首を喜平の胸めがけて突き入れようとしたのを、

「そこまでにして、あとは役人に任せておきな」

と、竜蔵が止めた。ひょっとして、喜平の話が本当なら、直《じか》に手を下して殺したとなれば、おまさの心に傷が残るであろう。

竜蔵はそれを恐れたのである。

「お前は立派に親の仇を討ったんだ。もうすぐここに、腕っこきの御用聞きが来る。おまさの父親が藤沢でこいつに殺されたという訴えは出ているから、お前は何の罪咎《つみとが》にも問われねえし、八つぁん、お前はこの子の助太刀をした立派な武士として名が知

れ渡る。とどのつまりはそういうことだ」

竜蔵は、喉を押さえてもがき苦しむ、喜平を尻目に言った。

「いや、だが、おれも金谷の宿で奴と一緒に……」

八郎は、口をもごもごとさせたが、

「盗んだのはあの野郎だし、お前は一銭たりとも金は持っていねえ」

「それは、そうだが、奴があれこれ言い立てれば……」

「この野郎が何を言ったところで、誰も聞く耳は持たねえさ。おまけに、おまさに喉を切られて何も話せねえとくらあ」

「竜さん……」

「旦那……」

八郎とおまさは、感じ入って竜蔵を見た。

「八つぁん、こいつはたった今、危ねえところを助けてもらったお礼だ。取っといてくんな」

竜蔵は、八郎におまさからもらった十両を手渡した。

八郎はたじろいで、

「こいつはもらえねえよ」

「いいよ。後金だよ。今まではついてなかったが、これで武士としての生き方に道が開けるはずだ。励んでおくれ」

肩を叩いて祝福した。そしておまさに向き直ると、

「さあ、どうとでもするさ。あたしを見くびっちゃあいけないよ」

おまさは強がる顔が美しい。

「ふふふ、そうだったな。困ったことがあったら、三田二丁目の峡道場を訪ねてくるがいいや。また用心棒になってやるぜ」

竜蔵が、おまさの広い額をぽんと手で叩いた時、

「先生、ご苦労様でございました」

と、網結の半次が、国分の猿三を始めとする乾分達を連れて寮へと入って来た。

「親分、すまねえな。見ての通り、この娘がこの武士の助太刀を得て、見事に父の仇を討った。おれはただの通りすがりでな」

竜蔵は、にこやかに半次と猿三に目で礼を言うと、

「また会おうぜ」

名残《なごり》惜しそうに、じっと見つめるおまさと八郎に、ひとつ手を振ると、それぞれの

幸せを祈りつつ寮を出た。

辺りはすっかりと夜の静けさに覆われている。

――さて、三田へ帰ったら、まず何と言おう。

またやらかしてしまったと、苦笑いを浮かべながらも、竜蔵は性懲りもなく旅の続きに思いを馳《は》せていた。

時代小説文庫
お 13-18

決意《けつい》 新《しん》・剣客太平記《けんかくたいへいき》㊆

著者 岡本《おかもと》さとる
2017年9月18日第一刷発行

発行者 角川春樹

発行所 株式会社 角川春樹事務所
〒102-0074 東京都千代田区九段南2-1-30 イタリア文化会館

電話 03(3263)5247[編集] 03(3263)5881[営業]

印刷・製本 中央精版印刷株式会社

フォーマット・デザイン&シンボルマーク 芦澤泰偉

ISBN978-4-7584-4116-2 C0193

http://www.kadokawaharuki.co.jp/[営業]
fanmail@kadokawaharuki.co.jp[編集] ご意見・ご感想をお寄せください。
本書は、ハルキ文庫(時代小説文庫)の書き下ろし作品です。